開高健 思考する人

谷沢永一

ロング新書

まえがき

世には文学史という結構で便利な分類的思考習慣があって、とても一括して纏《まと》めることのできない多彩な文学作品を、差し当りの必要から何かを仮の基準に持ち出し、何々派、という風に勿体をつけてあれこれと命名し、それにて能事畢《おわ》れりとしてきたようである。

その風習を最も極端なまでに推し進めた滑稽な典型は、昭和二十四年から河出書房より刊行された『現代日本小説大系』全六十五冊であったろう。主として片岡良一の発案であったと伝えられるが、明治から大正を経て戦後にいたる八十余年に出現した作家たちに、すべて何々派、と命名しようとしたらしい。新感覚派、と呼ぶのなら或る程度の意味があるにしても、新現実派、とレッテルを貼るに至っては、名称それ自体にしっかりとした内容のないこと明らかであろう。いちいち例証を挙げるのは煩雑に堪えないから省略に従うが、いずれにせよ、『白樺』派、というような呼び方がほとんど意味をなさぬこと自明であろう。

とは言うものの、この分類からは容易に抜け出し難いのであるらしく、戦後派、という呼び名は定着しているし、第三の新人、に至っては、そのような呼称がまったく便宜的であるにすぎない事実の例証であろう。

このように根本から出直して考えるとき、世にはどうにも分類できない屹立した個性、そのお仲間を見出すことのほとんどできない孤立した作風が尠《すく》なくないのに気付かざるをえないであろう。近年では、開高健が如何なる流派にも属さない孤絶した存在であったのではなかろうか。どのように探しても、彼と方向ならびに方法を同じうした、せめて多少は類似した作家さえ見当らないのである。開高健は誰にも似ていなかったし、誰もまた開高健に似ていなかった。

開高健の文体は、同時代の作家たちと較べてあまりにも異質であったし、また常に鮮烈な効果を発揮し続けていた。謂《い》わゆる文学史家の分類法整理法の手に負えないのである。それゆえ、戦後六十年間に旺盛な作品活動を示した作家のうち、彼ほど論じられることの尠《すく》ない作家は他に見当らないのである。評論家からも研究者からも一貫して敬遠されてきたと申しても過言ではなかろう。そのような状況のなかでほとんど唯一の例外は、開高文学の独自性を明確に検証した山崎正和の「不機嫌な陶酔」(『曖昧への冒険』収録)一篇ではなかろうか。山崎正和は、次のような順序で、開高健の代表作『夏の闇』の特色を解明してゆく。

感覚的な言葉と抽象的な言葉、そして、感覚的であって抽象的な言葉が、巧みに具体的な事物を示す言葉と混ぜあはせられ、その結果、描き出された事物はふしぎに現実的な距離感を失なつてゐる。グンヴォールの肌や体毛も、街の冷い石壁も、胎内のやうに暗い酒場の光景も、すべてが記憶のなかで意識と密着したまま流動をつづけ、そのために、あたかもこの挿話の全体が、美味に酔つて、無距離の現在のなかにただよつてゐる感覚の記述のやうに見える。しかも、そのなかで、グンヴォールの人間像そのものもふたつに分裂し、「小説家」にとつては、遠い不可知の外界にゐるかと思ふと、一転して、彼自身の内面の深い底に貼りついてしまふ。もちろん、この女性には名前もあり、概念的ながら社会的位置もあり、相貌と表情の描写すら与えられてゐるが、それは問題の事態を本質的に変へるものではない。彼女は、あくまでも異国の行きずりの女であり、名前や身分は遠い記号にすぎず、その表情もまた、通常の生活の時間のなかで凝視しようとすると、意味を失なつてしまふからである。

この最初に記された三行が、開高健における文体の魅力と重量を見事に指摘しているので、順序を度外視して此処に引用した次第である。論旨は次いで『夏の闇』の展開を追う。

『夏の闇』の場合、主人公はまづ、その墜落のどん底の状態から物語のなかに登場する。いささかわかりにくいのは、その状態が、意識の構造上、あの幸福な陶酔の状態と酷似していることであって、したがって、それを表現する文体も同じ時制を用ひるほかはない、ということであろう。ここでもまた、対象は輪郭を失ひ、柔く崩れ、意識から明確な距離を持たずに流れて行くといふ意味で、時間の遠近法を形成しない。もちろん、主人公はその対象と完全な一体感を味はふことはできず、陶酔どころか、たえず不快ないらだちを覚えるほかはないのだが、しかしそれにしても、この状態を描くには、やはり現在を表はす終止形「……る」を多用するほかはないであらう。「その頃も旅をしていた」、で始まる冒頭の数行を除いて、『夏の闇』の書き出しは延々と三ページにわたって、主人公の内面、外面の風景が区別なく、「……る」で終る文章で叙述されてゐる。戸外の風景は暗い雨に濡れ、室内の空気はあたかも胎内のやうに澱んで、そのなかで「私」は文字通り酔生夢死の昼夜を送ってゐる。飲食と短い散歩の時間のほかは、嗜眠患者のやうに眠りつづけ、醒めて過去を回想しても、すべては「薄明のなかの遠い光景でしかない」。「ちぎれちぎれの内白や言葉や観念」、「柔軟なもの、形のないもの」が「温室の蔓草のように」伸び、たちまち彼の内面を溢れ出すと、「壁を這い天井をまさぐり」、室内いっぱいにあたかも「内乱状態のように繁茂する」のであった。

これが『夏の闇』に描かれた情景の本態を衝く的確な要約である。続いて長い引用があって、その文体の分析へと続く。

輝やかしい炸裂の一瞬を捉へながら、文体そのものはあたかも縄文土器のやうに、盤根錯節の形容を重ねて、ほとんど暗鬱に近い調べを奏でてゐる。そして、この一瞬から、あの形のない「繁茂」への墜落は、じつは紙ひと重の移行なのであって、ここでは抒情詩的な時間は、いつでももう一種類の、いはば不機嫌な時間に崩れこまうとして身がまへてゐるといへる。けだし、『夏の闇』の陶酔はつねにこのやうな構造を以てをり、性の陶酔であれ、美食の恍惚であれ、嗜眠の忘我であれ、すべてその内容そのものが横滑りして、鬱屈と不機嫌に変質するやうな性格をともなってゐる。それは、明らかに意識と密着して流動する点で、抒情的な「気分」であるが、反面、シュタイガーの求める瞬間への凝縮力を欠いてをり、そのために、とめどない暗い饒舌を誘ひ出す性格を帯びてゐる。そして、「気分」が一瞬の焦点に凝縮しないといふのは、いひかへれば、意識が集中する標的を見失ふといふことであり、そのことがたえず意識に微かな剝離感をひき起す。ここでは、意識は事物と密着しようとしては弾き返され、しかも、それを対象化するだけの距離もとれず、いはば事物にからまれ、もつれあひながら、やがてその剝離感が不機嫌に高まるところまで流れて行くのである。
そして開高文学の特殊な構造へと観察が進む。

もちろん、文学の主題として肉体を選ぶことは、とくに性の問題との関連において、これまでの文学史上にも珍しいことではなかった。戦後の日本の小説にとっては、性と肉体は政治的主題と並んで、むしろ最大の関心事のひとつでさへあったやうに見える。
だが、それが政治的主題と並んで重視されたことは、それ自体まさに象徴的であって、ほとんどの場合、描かれたものは極度に理念化された肉体であった。性に耽溺する肉体も、暴力に身をまかせる肉体も、あるいは克己的に美しく鍛錬される肉体も、それぞれの立場から肉体の持つ曖昧さを削ぎ落とされ、ひとつの価値として外に主張される肉体であった。ある場合は、理性や思想に対立するものとして、またある場合は、文弱な精神と矮小な日常性に対立するものとして、肉体は、主人公の拠って立つひとつの立場として描かれた。あるいは開きなほって肉体に埋没するにせよ、あるいは誇らしげにそれを征服するにせよ、主人公にとって、肉体は完全に一義的な存在であって、その間に迷ひや、不可解の恐怖が忍びこむ空隙はなかったのである。

別のいひ方をすれば、この肉体は極度に目的志向的な精神の産物であり、それ自体がひとつの行動の目的とされるか、あるいは、他の目的をめざす行動の手段として意味づけられてゐた。さらにいひかへれば、それは歴史の脈絡のなかで意味づけられた肉体であり、さまざまな歴史的理念に奉仕したり、それに叛逆して自己を主張する肉体であった。このことは、従来の文学が肉体の一側面にすぎない性に特権的な地位を与へ、性だけを、食と睡眠とは隔絶した規模でとり扱って来たことが、雄弁に暗示してゐる。性は、肉体の諸要素のなかで格段に強く文化史的な色彩をおびてをり、それに関はることは、どんなに無自覚の享楽であっても、ひとつの歴史的な行動として意味づけられるからである。

このやうに見ると、それにたいして、開高文学は食や睡眠を性と同じ重さで捉へ、まづ肉体を要素のうへで、ひとつの全体として観察した点で劃期的であった。しかし、さらにたいせつなことは、肉体はここではじめてその本来的な複雑と曖昧さを見せ、主人公にとって、整理しがたい両義的な意味を表はしたといふことであらう。『夏の闇』の「私」にとって、肉体は容易に乗りこなすこともできず、しかも絶対に降りることのできない、気むづかしい乗物になってゐる。「私」が肉体を目的として、あるいは他の目的のための手段として動かさうとすると、それはいつのまにか彼の内側に滑りこみ、意識そのものに浸みこんで、その足を重く地面に釘づけにする。一方、「私」が肉体に没入して、肉体であることに徹しようとすると、今度は、それは不意に異物としての一面をあらはして、彼に剝離と墜落とをしひるのであった。けだし、肉体がもともと、「であること」と「を持つこと」の危ふい統一にほかならぬ存在である以上、それがいかなる意味でも、人間主体の拠って立つ立場になり得ないのは当然なのである。

ちなみに、じつはこの事情をあらかじめそれとなく反映してゐたのが、『夏の闇』の特有の現実把握であって、対象の外面描写と内面描写の、あの極端な分裂であったと見ることができる。もう一度繰返せば、状況の外面描写は概念的なまでに外面的であり、そのあといきなり、形のない感覚世界の描写が続くのであったが、この分裂はじつは、肉体そのものの本質的な両義性の反映であったと考へられる。先にも述べたやうに、ここでは現実の全体が、肉体を感じとる感受性で捉へられてゐる以上、捉へられた現実のすべてが、「それを持つこと」と「それであること」の、対立的な姿において感受されるのは、必然の帰結であらう。いひかへれば、かつて「人格」と呼ばれた人間の肉体の有機的な統一が、現代ではむしろ稀有な僥倖であるやうに、『夏の闇』の現実世界もまた、容易に歴史的世界らしい、物語的なまとまりを示さなかったのである。

山崎正和によってその真価が以上の如く解明された『夏の闇』は、同時平行的に、短篇集『ロマネ・コンティ・一九三五年』および『歩く影たち』を従えながら、開高文学の絶頂を達成したのであった。それは、何々派、とか、何々流、とかの文学史的概括の不可能な、ひとり聳え立つ開高文学であった。後世の評論家および研究者は、戦後文学の涛涛たる流れのなかに、ひとり飛び離れた巨石としての開高文学を位置づけるのに苦労するのではあるまいか。

その開高健はまた一面、これまた類例のないノンフィクション作家であり、エッセイストであり、更には鋭利きわまりない批評家であった。

『文藝春秋』を国民的雑誌に仕立てあげた伝説の編集者、池島信平は、どちらかと言えば小説に重きを置かない鑑定家であった。開高健が漸《ようや》く芥川賞を受けたばかりの若い頃、開高健に面と向かって、その池島信平が、おい、開高、君は小説もさることながら、ルポルタージュに向いているぞ、その方面にこれから精を出せ、と呼びかけ、まだ小説家になったばかりの開高を当惑させたと伝えられる。さすがは一代の名編集者たる面目の躍如とした鋭い眼光であった。その忠告に刺激されたのでもないであろうが、開高健はかなり早くからノンフィクションの筆を執り、後年の大作に至って、これまた、余人の及ばぬ独自の達成を示すに至る。開高健ノンフィクション賞の設立は、この方面における開高の業績を大きく評価し、輝かしく照らしだしたのであった。

しかし、開高健の厖大《ぼうだい》な量に達するノンフィクションの一群は、謂《い》わゆるノンフィクション専業作家とは、これまた行き方を異にするひとり歩きの賜物であった。そこには、通常のノンフィクション作家には求むべくもない叡智に発する幾多の箴言が秘められている。彼は釣りつつ考え、考えながら移動して釣った。その透徹した名句名言が、ノンフィクションの行文に秘められたままになるのはあまりにも惜しい。そこで私は、開高健の名句名言をできるだけ広く摘出《てきしゅつ》しようと考えたのである。

御承知のように『開高健全集』は二十二巻に編成された。そのうち九巻までが小説である。このたびの私は蛮勇を振るって九巻までを別枠に置き、次に来たるべき機会を待つことにした。そこで、全集の第十巻から第二十二巻までの十三冊に精選して収録された、ノンフィクション、作家作品論、エッセイ、その他の文業から、名句名言を摘出し、私流のコメントを附した。

それら散在する名句名言を、主題《テーマ》別に分類する作業を、このたびは敢て避け、全集の編集順序に従って配列した。これは、私の摘出に不満な読者が、それら名句名言の埋まっている文章の全体を、改めて読み直していただく場合の便宜に備えたのである。

開高健は、作家、ノンフィクション作家、エッセイストとして、表現に鏤骨《るこつ》の呻吟をなすのみならず、世界を、世相を、人間を、絶えず観察し思考している。彼は考える人であった。

私は本書の編纂によって、思考する人開高健の本質を読みとっていただけることを、ひそかな願いとして、思考する人開高健の全貌が読書界に広く認知されるよう切に望む次第である。

谷沢永一

第7章 釣り紀行……141
真の悦楽には剛健の気配がどこかになくてはいけない。ここが大事なところである。悦楽はそれに溺らせきらない何事かとの争いのなかにかろうじて汲みとれる一滴なのであるから、ホイホイぬくぬくしていては、イケないのである。

第8章 南北アメリカ大陸縦断記……159
しばしば事態の本質は中心よりも末端に示現するのである。人の言葉を聞くときは、さりげなく、何気ない、別れぎわの一言半句にこそ耳をたてなければならないのである。

第9章 白いページ……177
本は、読むまえに、見るものでもある。パラパラと頁を繰ったときに字の行列のぐあいを一瞥すると、かなりのことが見えるものである。つまり、頁は画でもあるのだ。それが読む前にちょっと見えるようでないといけない。

第1章

ベトナム、戦争、革命

小説家の役目

私はそういうわけで小説という小さな説を書いてメシを食べてる男であります。ときどき身のほどを忘れて中説や大説を書いてみようとすることがありますが、しばらくすると、また小さな説にもどります。ここで小さな説というのは政治、宗教、経済、科学、哲学などのさまざまな網の目からこぼれおちた、どれかに属するようだがどれでもない、どれにも救われないが痛切にこの世に存在するという、そういう説、またはそういう人間の状況というふうに解釈してよろしいかと思います。そういうものを落穂拾いのように拾って歩くのが小説家の役目のように思われます。

『消えた戦争・続いている戦争』昭和四十六年（10―516）

講演であるが、標題の主題に入るに先立ち小説とは何か、という問題に触れて、自分が作家として如何なる態度を持しているかに言及し、期せずして開高健の文学原論となっている。

日本近代文学に於いては、初期の試行錯誤を脱して、文芸として漸《ようや》く独立した自然主義の勃興以来、小説は、当時における思想の欠落部分を補う役割を果たし、人生探求という筋道を走ってきたのではなかろうか。しかもその構成としては、時代の犠牲者という受身の姿勢を軸として展開した。明治から戦後に至るまで、批評家は小説に思想性を要求するという無理難題を持ちかけている。谷崎潤一郎には思想がないと、あっさり一言で貶価《へんか》した中村光夫などは、まったく見当ちがいの一例であろう。

開高健は、それまでの日本近代小説の感傷的な伝統から、己《おのれ》を如何にきっぱりと隔離するかの思念を持して出発した。それゆえ、彼は政治宗教科学哲学の代用品であるかの如き従来の小説伝統を徹底的に拒否している。以上に挙げたような思想や観念に従属するような発想から身を翻して立ち去った。

彼は類似する作家を見出せぬ程の博学を身につけていたけれど、その貪婪《どんらん》な渉猟は、自分の小説から理屈を排除するための駈足であったと見てよかろう。人間の傷《いた》み悲しみの奥底を、未だ嘗《かつ》て無かった痛切な眼で凝視するため、彼は前人未踏の豊富な語彙の探索にひたすら意欲を強めたのである。

彼らはその場その場でどんな言葉でも書ける河原乞食である

〝欧米列強の桎梏よりアジア同胞を解放する〟という日本のスローガンは無名の日本兵士によってのみ真に信じられ、遂行された。インドネシアにおいても同様であった。スローガンを美しく壮大な言葉で書きまくり、しゃべりまくった将軍たちや、高級将校や、新聞記者、従軍文士どもはいちはやく日本へ逃げ帰って、ちゃっと口ぬぐい、知らん顔して新しい言葉、昨日白いといったことを今日黒いといってふたたび書きまくり、しゃべりまくって暮しはじめたのである。彼らはその場その場でどんな言葉でも書ける河原乞食である。河原乞食であることにウンザリしてたがいに心のなかでこのウソつきめとつぶやきあっている酔っぱらいの抒情主義者であり、おごそかなるこんにゃくである。

『ベトナム戦記』昭和四十年　（11―89）

大東亜共栄圏の形成を国是として信じたのは、現地に送りこまれた徴兵と、国内に在って今は非常時であると覚悟して、政府の声明や大本営の発表を、額面通り素直に受けとったおおよその一般国民との両者のみであったと、開高健は自分の体験から生まれた実感を、今や何者にも憚《はばか》ることなく率直に述懐している。

昭和十二年、小林秀雄が「戦争について」を書き、将来はいざ知らず、国民というものが戦争の単位として動かす事が出来ぬ以上、そこに土台を置いて現代に処そうとする覚悟以外には、どんな覚悟も間違いだと思う、と記したのは、一般国民としての立場における自覚を率直に語った信念であると考えられる。

戦争を遂行した陸軍海軍政府は、戦争の目的が、植民地にされているアジアの諸国のどれもにおいて、欧米の支配を打破し、それぞれが独立を達成させる為の聖戦であると国民に鼓吹した。現に、事態はその方向へ確実に推移し、東南アジアの各国は独立に成功した。

しかし、その大義名分を、陸海軍の兵士を消耗品の如く死なせた高級将校たちが、真に心の底からそう確信して戦端を開いたのかどうかは疑わしい、と開高健は猜疑している。胸に一杯勲章をぶらさげて、ひたすら地位の保全のみに執着した将軍たちは、下からの突き上げに脅えてするすると開戦へと引きずりこまれたにすぎないのではないか。たとえば島田繁太郎が、海軍はアメリカに勝てないと比彼《ひが》の実力を対比して十分にわきまえていながら、その旨を断固として公言することなく、戦闘が可能であるとの虚偽を申し立てたのは、保身に徹して臆病だったゆえではなかろうかとも考えられる。

そして軍は文士を動員させ、その筆をもって戦争を合理化し美化するよう暗に強制した。その要請に唯々諾々と応じて筆を舞わした文士の何人かは、戦況不利と見るや直ちに帰国して、戦後にそなえて態度を徐々に変えていった。従軍しなかったけれども、たとえば亀井勝一郎は、『日月明かし』を書いてアメリカの大空襲による被害さえ美化する小冊子を書き、占領時代に入るや、今度は『美貌の皇后』を刊行して鮮やかな転身を見せて復活したのである。

廃語

『事実は小説より奇なり』という言葉は、小説が奇な物語を語るものと感じられていた時代にできたのだろうが、いわゆる純文学畑では、いつからか、いかに小説を奇でなくするかの工夫にひたすらな努力と工夫が払われるようになったから、ほとんどこれは廃語になったといってもいい。この逆立ちした、スノビズムの悪臭さえただよう、よくよく考えてみればくだらない風潮が、いかに現代の文学から血と栄養を失わせることとなってしまったかは、クドクド説明するまでもあるまいと感じられる。

『サイゴンの十字架』昭和四十八年　（11―２２２）

日本の謂《い》わゆる純文学の牢固たる伝統に対する全身からほとばしりでた反撥である。欧米においては小説を奇譚に仕立てる構成が、主流をなしたわけではないにしても、連綿として無視できない存在理由《レゾン・デートル》を確保してきたゆえ、その流れが二十世紀に新風となって花開いたと考えられよう。しかし我が国では、想像力をふくらませて現実にはありえない構想を示すと、それは通俗の大衆迎合として蔑《おとし》められた。そして、坪内逍遥が『小説神髄』を書いて小説を定義し、言葉を重ねて虚構《フィクション》を貶価したあと、小説の主脳は人情なり世態風俗これに次ぐ、と規定したものだから、後続者はこの定義を狭く厳しく解釈し、ラブレーの如き作品は真当な小説に非ずと排斥する姿勢が固まってゆく。

日本の文壇は、現実に存在する可視的な人情を、淡くほのかにそこはかとなく写しとる現実密着であれば、作家として誠実であると判定する評価軸を作りあげた。それゆえ作家自身が自己を異形《いぎょう》の者と化して、その奇矯と沈湎《ちんめん》を着実に写しとる私小説が生まれる。生まれたどころか、何時の間にかそれが純真な結晶であると見做されるようになった。その間の事情は、伊藤整の『小説の方法』および平野謙の『芸術と実生活』に詳しい。この偏向が是正されるのは戦後かなり経ってからのことである。

精神の乞食

かねがね私の観察するところによると、日本人のルポの最大の欠陥は結論をいそぐ点にある。自国のことになると一ミリ振動しただけでもあれこれと考えこんで口ごもってしまうくせに他国のこととなると、たちまち、大きくて、短くて、壮烈なことばを並べて結論をつけたがる。丁か、半か。シロか、クロか。それも鬱蒼とした、たがいにからみあい、矛盾しあうデータの集積のなかからそうするのではない。ただ手ッとり早く安心してしまいたくて、そうするのである。これは《精神の乞食》と呼んでいい心性ではあるまいか。

『サイゴンの十字架』昭和四十八年（11―301）

日本人は何よりも日本人論がお好き、と知日派の外国人が苦笑まじりに呟いたという。それほど我が国びとは日本人の特性を論じたがる。それを談じた文献を見落しなく集めたら厖大《ぼうだい》な量に達しよう。日本人は単なる好奇心で、昆虫の生態を冷静に観察するように身を乗りだしたのではない。

我が国民には、他の諸国民とは違った要素があると信じたい欲望が強すぎるため、自分が満足できるような判定を聞かされるまで、誰彼を問わず闇雲に訊《き》いてまわるのである。もし皮肉な外人がたまりかねて、お国の気質に何らかの特性などは認められず、他国のそれぞれと似たようなものですな、と放言しようものなら、質問した日本人は非常に不機嫌な表情で怒りを抑えようと努めるであろう。

われわれはもっと冷静に淡白に出発点から出直さねばならない。司馬遼太郎は『微光のなかの宇宙』において、自分で自分の性癖を分析するほどむなしいことはない、と指摘していた。人間と同じく国家国民にも同じく正負《プラスマイナス》の両面があって当然である。その両者を天秤にかけてどうしようとするのか。今更おそまきの整形手術ができるわけではない。自分自身へ内視鏡を入れる閑があったら、そんなせせこましい根性を忘れて、当面、何を為すべきかを積極的に思案するべきであろう。何事かの行動に出るその過程のなかでこそ、日本人の特徴があぶりだされてくるに違いない。

このような自己分析癖の持病があるから、他国を観察する場合にもまた、判断と結論を早く纏《まと》めてケリをつけたがる。開高健が書き残した多量のルポルタージュでは、常に眼を細めて、他国の細部や末端に現われた徴候を、見逃すまいとする姿勢が顕著である。

開高健は、世界をほとんど限りなく観察し分析し、具体に徹して事こまかく表現しているのであるが、その行程の及ぶところ長い旅のあいだ、ルポルタージュの執筆に専念するとき、おそらくは、山田吉彦の『モロッコ紀行』（昭和十八年）および金子光晴の『マレー蘭印紀行』を念頭に置き、それを確実に越えようと念じ、その意識に発する跳躍力によって、二人の傑物を乗り越える成果を挙げたと見做し得る。明治以来、これほど広く多数の国を訪れ、明細な紀行文を残した開高健に、この道で優る人が嘗てあったであろうか。

アジア人が西洋人を追い出す

もう一段さかのぼって考えると、彼らの精神の核を解放する一番はじめのきっかけは、日本だとも言えるのではないか。今度の大戦で、日本軍は何はともあれフランス軍を追い払った。このことが、やる気になれば、アジア人が西洋人を追い出すことはできるのだと気づかせた意味も、無視できないと思う。

「ヴェトコンはなぜ強いか？」昭和四十年　（11―450）

ベトナムは旧称が佛領印度支那、略称を佛印と呼ばれて周知であった。佛蘭西《フランス》の植民地だったのである。此処だけではない、東南アジアにおける他の諸国は、タイを除いてすべては大なり小なり白人の統治下にあった。多少の抵抗運動が各地に芽生えたにしろ、すべては失敗に終り、長い期間の服従が自然体の如くになっていた。

我が国は遂に西欧諸国の植民地になったことがないゆえ実感が湧かないのだけれども、植民地になるというのは、強力な本国によって可能な限度まで搾取され、自前の商工業が独立できないように手枷足枷《てかせあしかせ》で縛られている状態をいう。典型的なのは英国による印度の植民地支配である。佛蘭西が、モロッコをはじめアフリカの植民地経営に見事な成果を収めたゆえ、リオテー元帥は植民地の父と尊称されるに至った。『リオテー元帥伝』が刊行されている。すべては白人による黄色人種に対する徹底的な制圧である。何処でも反抗の小競合《こぜりあ》いは絶えなかったけれど、いったん植民地化され虐げられた国が、自力で独立を達成した例はどこにもない。

そのような屈服が長く続いたのち、日露戦争による日本の勝利が、アジア植民地の各国民を決定的に刺激し、黄色人種でも白人に勝てるのだと奮い立つ夢を育てた。けれども独立運動はいずれも成功せず芽生えのままに終っている。

そこへ大東亜戦争が起こり、日本があっという間に宗主国に勝ったのを目前にして、今度こそと奮い立ったアジア人が、日本人を模範として、植民地の頸木《くびき》から漸く脱し、次々と連鎖的に独立を果たしていった。これは歴史上、確実に顕著な政治運動となって波及したのである。

第2章 ルポルタージュ

霊感

こういう一言半句を発見するのは、すべて、チカッとくるものだとか、ピンとくるものだとか、霊感だとかいうものであるが、これがあてになるような、ならないような、ならないような、なるような性質のものである。エジソンやフォードやヒルトンやマイク・トッドなどの伝記は人びとに瞬間や偶然性に機敏であることを暗示し、強制する。夢を見るときにもノート・ブックを忘れてはいけないと教える。

『ずばり東京』昭和三十九年（12—75）

週刊誌が大きく飛躍する時代が来ていた。扇谷正造編集長が『週刊朝日』を、史上空前の百万部強に育てた。とは言うものの、その頃はまだ週刊誌に執筆するのは、当時の呼称で謂《い》う大衆作家に限られていた。その壁を打破すべく、『週刊朝日』が、歴とした純文学作家である開高健に執筆を依頼したのである。

文壇の雰囲気が現今とは全く違う。いったんは躊躇したであろう開高健が最終的に応諾したのは、創作の材料を我が眼であらかじめ観察しておきたいという念慮であったろう。『週刊朝日』の喜び如何ばかりであったろうか察するに余りある。これを契機に開高健はルポルタージュ、のちに謂《い》うノンフィクションの世界に足を踏みだした。『日本人の遊び場』および『ずばり東京』がその成果であり、何事をもゆるがせにしない開高健は、この分野においても渾身の努力を傾け、その華麗な表現力は読者を喜ばせ、評判を呼びルポルタージュの水準を一気に高めた。これは外国映画の題名が、日本で工夫に工夫を重ねてアピールする凝り方を描く「霊感チカチカ『映画の題名』」という章の一節である。

この部分に間髪を入れず直結して著者は次のように締め括る。

アイデアというものは、だいたい、一種の創造の衝動であって、圧力がなければでてこない。いいアイデアは、空腹とか、締切時間とか、夫婦喧嘩とか、酒場の勘定書とか、貧乏とか、しばしばあることだが便所のなかだとかいった場所の副産物として発生して、やがて、主産物をまたたくまに忘れさせてしまう巨大なキノコとなるのである。ただ、しかし、眼をしじゅうパチクリさせて歩いているだけではダメなので、日頃からの訓練や蓄積というものが無視できないセメントの床をつくる。これを忘れてはいけない。

仰せまことに御尤もである。単に注意深くなどという程度の、誰にも見られる姿勢では無理である。何事かを絞りだすまで足をとどめない執念が必要であろう。

惜しいことであるが、のち河出書房新社から書き下ろし長篇シリーズの予告が出て開高健は予定の標目《タイトル》として、都に雨の降る時は、という表題を示したけれど書けなかったようである。つまり『ずばり東京』の執筆に専念しながらも、そこで得た素材を小説に仕立てようという思念があったに違いないと想像させるのである。

道具が仕事を裏切る

よく眺めてごらんよ。クルマを走らせてうっとりしている男たち女たちの書きちらかす文章がどんなに野暮で、間がぬけて、手垢にまみれて、薄汚い、日なたのラムネか、かみさしのチューインガムみたいなものでしかないことか。道具が仕事を

裏切る例、これより甚だしいものがない。クルマで銭湯へゆくなどという、そういうあさはかなことは、いいかげんにやめましょうや。

『ずばり東京』昭和三十九年（12―92）

自分の甲斐性で車を持っている人のほとんどが、見せびらかしの虚栄に酔うている時代があった。昨今これほど多量の車が走行する時代になっても、やはりその気分は幾分か残っているのではあるまいか。

車に限らない。先端的なブランド品で身を固める型《タイプ》の人の悉くは、外面の装飾に意識が集中し、見られることを欲し喜びとするのであるから、いったん服飾を剝いでみたら、内部は空白という例がほとんどではあるまいか。その種族に属する男女の会話も文章も、その時その時の時代によって与えられる定型を出ないであろう。文字による表現の斬新さと浸透力とに一身を賭けている開高健から見れば、俗悪の一語をもって評するしかないであろう。

現今は次第にすたれつつあるけれど、自宅に風呂のないのが普通であった時代、銭湯は浮世の格式をかなぐり捨て、裸でつきあう庶民の交歓場であった。上等な履物で入場すれば、誰かちゃくい奴にすりかえられる恐れがあるので、わざとチビた下駄を選んで突っかけて行ったものである。そういう人ごみのなかへ車で乗りつけるなどは、常識のわきまえを欠いた場違いであり無作法である。これはおそらく車が珍しかった時代の何処かで見られた珍景であろう。

反逆と自由

ネオンやジャズや映画や料理店やらがひしめく〝東京〟のなかで彼はそういうものを歯牙にもかけず、ゆうゆうと爽やかなる自信にみちみちてキャベツをつくっていた。金をドカドカと手に入れようと思えば、ほかの人たちとおなじようにいくらでも手に入れられるのに、彼はそうはしなかった。

そうしなかったのは先祖への忠義立てからではなく、土から離れることの不安に縛られたからではなく、また、もっともっと値上りを待とうという打算からでもなかった。ほかの職業では味わうことのできないものを味わいたいばかりにそうしなかったのである。しかも彼は着実に考え、冷静に計算し、巧みにうごく〝変人〟や〝奇人〟などにある個性主義の狂熱から畑にしがみついているのでもなかった。反逆と自由が、彼のなかでは精密な自己観察の結果からたくみに均衡をとって定着することができたもののようである。

『ずばり東京』昭和三十九年（12—94）

場所は練馬。関口君という青年が目についた。家に連れていってもらうと、雑木の木立のなかにある典型的な藁ぶきの農家である。土間でお茶を飲んで話しあう。これが〝東京都内〟であるとはとても思えない。

大都市周辺の農家が土地を売った金で〝アパート農家〟といわれるモダン住宅を建てたりするが、青年は目もくれないらしい。

わけを聞いてみると、そんな金があれば土や野菜そのものに、また、土や野菜の研究にそそぎこみたいところであると答えた。一冊のよれよれになったノートをとりだしてきて、いろいろと説明してくれた。

それは日記で、もう十年ちかくもかかさずにつけている。このノートのおかげでいろいろなことがわかるようになった。たとえば野菜がほぼ三年を周期として値の上がり下がりをくりかえしているというようなことである。ある年、キャベツが当ったとする。すると、みんな翌年もキャベツをつくる。翌年、キャベツは過剰生産で値が下がる。つぎの年はみんなつくらなくなる。だからその年キャベツの値が上がる。こういうことが三年を周期としてくりかえされているということがよくわかった。そこで彼は毎年みんなの逆手、逆手をねらって野菜をつくるようになった。

春になると川越あたりまでオート三輪をとばして、遠出をする。街道を走りながら両側の畑を見れば、百姓たちがその年なにをつくろうとしているかということが一目でわかる。そこで家へ帰ってくると今年はなにに力を入れたらよいかということが、たやすく考えられる。

「……私の畑にすごい値がついているということは知ってるが、そんなことを考えるとモノはつくれないんだ。畑仕事をしてるときはてんで頭に浮んだことがないね」

「みんなどんどん転業したい人は転業していったらいいんだよ。私だって転業したくなりゃするよ。だけど私は畑仕事が好きなんだ。だれにも頭をさげずに暮せるしね。いいことが多いんです。だから転業なんて考えたことないな」

「このあたりの百姓は明治からずっと練馬大根をつくってタクアン漬つくって軍に納めて稼いできたんです。ミリタリズムの匂いはここでつけたんだね。戦後はドサクサにまぎれて闇で儲けた。戦後が終ると土地が値上りしてまた儲けた。いいことばっかりなんだ」

「このあたりは土がいいし、水がいいし、東京という大市場がすぐ裏にあるしで、ほんとに恵まれてんだ。百姓のことを生産者っていうけれど、私にいわせれば、加工者ってところですよ。土を加工するだけの手間なんだ。そう思うな」

「百姓してるとたしかに人はよくなる。ほかのことを考えてられないからね。けれどね、これにも欠点はあるんです。人とのつきあいがわるくなるんです。天狗になるんです。天上天下唯我独尊ってのかな。人を人とも思わなくなるんだな。その点は注意しないといけないね」

「私はこのあたりでいちばん年齢《とし》が下なんだけれど、いまとなってみると、そういう最後衛が最前衛になってしまった感じですよ」

　ネオンやジャズや映画や料理店やらがひしめく〝東京〟のなかで彼はそういうものを歯牙にもかけず、ゆうゆうと爽やかなる自信にみちみちてキャベツをつくっていた。金をドカドカ手に入れようと思えば、ほかの人たちとおなじようにいくらでも手に入れられるのに、彼はそうはしなかった。

日本人の誰もが土地の値上がりに狂うとき、この青年はひとり醒めていたのである。

別荘都市

ヨーロッパ人たちやアメリカ人たちは都会における自然とは並木道と公園のことだと思いこんでいる。個人の自然は窓ぎわのゼラニウムの鉢しかない。（中略）石の町のなかでは個人にはひとにぎりの土を持つことも許されていない。けれど私たちは東京のドまんなかで個人の家で土を見ようとすればいくらでも見られるのである。私たちは異様な〝贅沢〟を味わっている。東京は工業都市、行政都市、商業都市であるほかに、奇妙な表現に聞えるかも知れないが、別荘都市でもあるのだ。

『ずばり東京』昭和三十九年　（12―1 2 1）

開高健はヘリコプターに乗って東京の空をあちらこちらさまよい歩いたことがある。その時に驚いた印象をこう語る。

都内に人家が何戸ぐらいあるものなのか、見当がつかないが、工場、官庁、百貨店、ビル街、団地アパートの群落などは全面積のごく一部であるにすぎない。あとは無数の人家がフジツボのようにおしあいへしあいくっつきあっているのである。そのフジツボたちが空から覗きこむと、みんな庭をつくろうとし、木を持とうとしているのである。住居の建坪を切りつめてまでして庭をつくろうとしているのである。かりにそこに木が一本しかなくても、都内全体としては、何百本、何千本、何万本という数字になるから、空から見おろすと、〝緑の都〟が煙霧の底から浮びあがってくるということになるのである。中野、世田谷、杉並、大田、練馬、板橋などの郊外区のほうへゆくと、ますます緑は濃く、広く、そしてますます道は薄く、細くなり、ついに見えなくなるのである。

このあたりの叙述は簡潔に要約した日本人論になっている。日本人の生活意識では、決まり文句になっている大自然に憧れる気分が薄い。自然を遠くにあるものと思わない。狭いながらも我が家に自然を誘致し、おのずから自然環境のなかに身を置いている。

「練馬の大百姓大尽」と題する章であり、開高健は関口君という青年に注意して彼の人生観に共鳴するあまり、次の如く明細に描写する。

畑へつれていってもらうと、彼のキャベツ畑は、まわりがすっかりモダン住宅にとりかこまれて、身うごきならないクサビのようになっていた。（中略）

家へつれていってもらうと、雑木の木立のなかにある典型的な藁ぶきの農家で、（中略）

わけを聞いてみると、そんな金があれば土や野菜そのものに、また、土や野菜の研究にそそぎこみたいところであると答えた。

我が道を行く青年が淡々と語る信条に、開高健が感動している気配がじかに伝わってくる。

したがって、日本人は公園を必要としない。そんなわざとらしい区域を設けたところで、所詮それは、他所《よそ》、である。欧米の大都市を描いた映画には、老人が公園のベンチにどっかと座って新聞を読んでいたり、向う側のベンチで老婆が毛糸編みなどして時間を過している風景が現われるけれども、我が国では公園に出掛けて何時間もねばっている人を見ることがない。落ち着かないのである。それよりも自然をとりこんだ我が家で寛《くつろ》ぐ安らかさを選ぶ。庭がどれだけ狭くとも、猫の額みたいな狭小の地でも、それに適した植物があるのではないか。

欧米では公園などへ出向かなければ緑に接することがないので、自然に公園という広場をつくりだした。しかし日本人はささやかながらも、まず自分の家へ自然をとりこむのである。場所に窮したら玄関の外側へ鉢植えを並べる。江戸時代には、咲いてすぐしぼむ朝顔を、品評会へ出す為に精魂こめて育成したのである。

目苦素が鼻苦素を笑う

パルプ週刊誌が身のほども知らぬおごそかな口調でしきりに低劣マンガの流行に警告を発しているが、自分を切ることをとんと忘却つかまつっているので、お子様衆にバカにされるだけである。目苦素が鼻苦素を笑うという図ではないかと思う。

私はもともとマンガ無害論者である。子供は吸収力が速いのとおなじ程度に排泄力も速い。忘れっぽいのである。弾力性に富んで新陳代謝がはげしい。劣悪マンガにひっかかってクヨクヨ考えこむのは、たいてい大脳皮質が象皮病になりかけた大人だけである。

『ずばり東京』昭和三十九年　（12―173）

現代の教育論議に投じられた一石である。嘗て林達夫が、大学教授の度し難い思い込みは、毎年、新入生が勉学の意欲に満ちて教室に現われると、あたまから決めてかかる妄想である、と皮肉った。その論調に便乗すれば別の事項にも簡単に転用できよう。

文部科学省の官僚や教科書の検定に従事する人たちの思い込みは、全国の生徒たちが、教科書に記載されている文言をすべて記憶する筈だという前提を少しも疑っていないらしい自信につながっている現実離れである。

私は若い頃、京都大学の電子工学を目指す高校生の勉強を手助けしたことがある。この生徒は天性、理工系に向いているから、英語や国語の授業を受けながらも時間を惜しみ、ひとり勝手に数学の難問を解くのに夢中であった。それに気付いた国語の教師が咎めると、私はいま忙しいので構わずに放っといて下さい、と答えたらしい。

賢い子供は自分に適した勉強法を独自に思案する。国語などは入試勉強の核にならないつけたりであって努力の甲斐がないから捨ててかかる。歴史は年代と人物の名をいちおう記憶するのみ、試験が済んだらケロリと忘れる。

育ち盛りの子は早く覚えるかわりに早く忘れる。成人してもなお中学高校の教科内容を覚えている人があるだろうか。漫画に至っては最も忘れ易いもののひとつである。

対立

『ジャングル大帝』、『０《ゼロ》マン』、『ロック冒険記』、『ナンバー７《セブン》』、『宇宙空港』、『白骨船長』、『狂った国境』、『おれは猿飛だ』、『鉄腕アトム』、そのほか、いくつとなく手塚治虫の長編を読んでみると主題がつねに一貫していることに私は気がつく。

それは、ひとことでいえば〝対立〟である。

『ずばり東京』昭和三十九年　（12―175）

漫画家のみならず作家にしろ画家にせよ、個人の発想と主題にさほどのバラエティがあるわけがない。むしろ、そのような水源を持たない人は、いくら捩《ねじ》り鉢巻で頑張っても大した効果がないであろう。小林秀雄なら、宿命の基調音とか何とか華やかな語彙で語ってくれるであろうが、人間の資質は努力しようがしまいが、終生、ほとんど変らないであろう。

荻生徂徠の見るところ、気質は何としても変化ならぬものであって、米はいつでも米、豆はいつでも豆であるにすぎない。ただし、その気質を大切に養ってゆけば、生まれつきの資質が成長するという局面をむかえる筈であり、その手段が学問である、という結論になる。

あらゆる分野における批評では、対象の核となって一貫している手法を、いちはやく見抜く眼力によって分析が向上する。開高健はたまたま手塚治虫を例にとりあげ、批評という行為の核心を鮮やかに示したと理解できよう。

ひとことでいえば、という前提が眼目で、何事を論ずるにせよ、ひとことで言い当てるセンスがなければ、百万言を費やしたところで問題の要《かなめ》を衝くに至らぬであろう。

一般に、作品は簡潔で縮約された出来栄えを佳しとする。長篇を喜ぶのは、現代のメディアが、頁数を増やすのに労せずともよいと安堵するからであろう。ミハイル・バフチンは二十世紀に出現した最高の批評家と評してよいと考えるけれども、冗長と繰り返しの多いのが玉に疵《きず》である。

非売品

昔の中国では北京あたりの骨董商で、いつ見ても宋代の名陶器を店頭に非売品として飾っている店があったということである。これは非売品となってはいても、札束を積むと買うことができるのである。さる高官にオボエをめでたくしておこうと思うとその店へいって金を払い、骨董屋に暮夜ひそかに高官邸へとどけさせる。高官は一度うけとっておいてからそれを骨董屋に売払い、現金をもらうのである。すると骨董屋はちゃっかりサヤをかせいだあとで口をぬぐってその品を再び〝非売品〟として店頭に飾るというぐあいであった。

『ずばり東京』昭和三十九年　(12—326)

中国だけでなく、全世界で盛大に展開されている普遍的な詐術であって、我が国でだって昔も今もしょっちゅう行われている。ただし、中国の場合は贈賄が政治習慣のなかに正当な儀礼として世間一般に組み込まれているのに対し、我が国では発覚した場合には罪を問われるけれど、ほとんど必ず表沙汰にならないという特色がある。近頃は骨董屋という呼称が死語になりつつあって、古美術商という看板が一般化しているけれども、やはり内容はいささかも変らない。実際には古美術商および画商として成功した人のほとんどが、このようなからくりに参加しているのである。

骨董も絵画も値が決まらない浮動する商品であるという点では共通する。この世界では真当な商取引よりも、暗い世界で動く物品の方が多いようである。特に個人が所蔵している場合には、税務署対策として秘蔵し、展覧会や図録にも、個人蔵、とのみ記されて誰が持っているのかわからない。

そして、この分野で必ず横行するのが贋作であり偽作である。多くの蒐集家《コレクター》が、自分ひとり手許において誰にも見せず御満悦の場合は、ほとんど必ず偽作であること疑いなし。絵画の場合は、健在の画家が人気を得て高額に迫ったものの、その画家が亡くなるや否や、値段が暴落した例は一向に珍しくない。

ノンフィクション

ノンフィクションといっても、目撃したり感知したりしたすべてのイメージを言葉におきかえることはできないのだから、それはイメージや言葉の選択行為であるという一点、根本的な一点で、フィクションとまったく異なるところがない。

『ずばり東京』文庫版あとがき　昭和五十七年　(12—475)

是非とも確認しておかなければならぬ重要な論点である。ノンフィクションを専門とする人も首肯するであろうが、特に開高健の場合、小説とノンフィクションとの間に表現努力の差は全く見られない。香の漂うような絢爛《けんらん》たる語彙の豊富さと、余剰をとことん削り去った肺腑を衝く文体の硬質とが、ふたつの両域で完全に共通しているのを痛感する。

通常、ノンフィクション一本槍の作家は、必ず取材費に窮して痛みを覚えているゆえ、観察し聞きとった材料を十分に活用しようとするあまり、事柄の本質に関《かか》わりのない余計な細部を書き込む次第となるから、無意識のうちに冗長へ向かう傾きが認められる。表現の語彙と文体に磨きをかける時間的余裕に乏しいから、どうしても仕上がりが荒削りの面貌を示すのを避けられない。

それに対して開高健は、小説と同じ簡潔で豊饒な表現力の真髄を全開して臨むから、小説とノンフィクションとの間に落差がない。この全身で体当りする気合いで筆を執ったのだから、両者は全く均等な迫力を発揮するのである。

『開高健全集』全二十二冊のうち、九巻までが小説、そのあとはノンフィクションおよびエッセイに充てられているが、開高語とでも称するしかない無類の表現力は全二十二冊に一貫して認められるであろう。彼は本質的には無骨者で、常に調子をおろす呼吸を知らず、純文学とエンターテインメントを書き分ける手法を遂に知らなかった。これだけ厳格に自己規制するしかなかった彼の尽瘁《じんすい》は痛く辛く、身を責めたであろうと偲ばれるのである。

コミュニスト

西欧でも東洋でもコミュニストにはそっくりの習癖が見られるようだ。戦争をやらせるとみごとなのに、政権奪取後の平和にはひどい失策をひき起すという習癖である。平和は戦争よりむつかしいのである。

「さらば、ヴェトナム」昭和五十年（12—508）

一九三八年のクリスマスに、ジョセフ・シュンペーターが次の如く語ったと、記憶力抜群の都留重人が、随筆集『官僚と大学教授』のなかに記しとどめている。

私は今までいくつも誤った認識をした。人間である限りこれは避けられない。が、ただ一つ私が私にゆるすことのできない誤信がある。私はかつて、社会主義者は政治家としても他の政治家とは異なり一段高い人格と教養をそなえ、その政治にも文化人の政治としてはずかしくない洗練さがありうると思っていた。ところが現実の体験は私のこの期待をうらぎり、私の誤信をゆるすべからざるものにしてしまった。

シュンペーターの認識力を嘲笑するかの如く、現実にはこのように社会主義者が自分に向けられた好意的眼差を裏切ったのである。開高健がコミュニストの心情が涼やかであるかの如く予想したのも無理はない。彼は若き日に共産主義へ近寄った経験がないものだから、かえって逆にコミュニストを、清純な革命精神の持主であると想定したのであろうか。

一般に、見ぬもの清し、と言い習わす。マルクスが自由平等の共産主義社会を夢想した論理を文献で読んだ開高健は、コミュニストを真摯な革命家と考えたのであろう。レーニンの行動を念頭に置いて、戦争をやらせるとみごとなのに、と評した時、文脈から見て、革命の成功を肯定的に考えていたのではないかと察せられる。革命成就の為の戦争と評価したうえでの判断であろう。

しかし、現実のコミュニストは、地上の楽園を実現する為に行動を起したのではない。彼等はただ権力を奪取することを目的として戦ったのであった。レーニンは政権を握り、それを確保する為には手段を選ばず猛進している。レーニンを本国に送り届けてロシアの国力を弱める目的で、ドイツが準備した封印列車を利用し、のちドイツに領土を割譲した。

その間、革命派が殺害したロシア人の人数は不問に附せられている。そしてスターリンが政敵トロツキイの暗殺を狙って想像を絶する長い年月をかけ遂に成功した経緯はどうであろう。この激動期における激烈な内部抗争を、政権奪取後の平和、などと呼ぶことは不可能である。スターリンによる相次ぐ多人数の粛清は、平和どころか、徹底して兇暴な独裁体制と恐怖《きょうふ》政治の形成過程である。全国民が強圧のもとにおののいている時代を平和と表現できるだろうか。

コミュニストを率いたレーニンは権力欲の権化であった。

開高健も時に夢想的な思念に引き寄せられる場合があったらしいと推定しておくとしよう。

第3章 日本人の遊び場

日本の空気

だいたいわびしさとかさびしさとかいうものは私たち日本人にとって〝味の素〟みたいなものなのである。手にふれるもの、目にふれるもの、なんでもかたっぱしからこれをふりかけないではいられないのである。地、水、火、風のほかの第五元素みたいなものなのだ。日本の空気は酸素と窒素とわびしさからできている。いつからこんなことになったのだろうと思うが、とにかく感情がひらきっぱなしになっていることに耐えられないというところがある。

『日本人の遊び場』昭和三十八年（13—10）

金子光晴も日本人の感傷的《センチメンタル》にしてなまぬるい心情を心から嫌悪し、あてのない旅に出て漂流したのであった。日本列島は絶え間なく住民をわびしさとさびしさの精神風土に誘いこむのである。何事にせよトコトンまで追求しない。好い加減のところで腰をおろしてしまう。現実を冷静に吟味しても、気分の悪いような結論に近づくと、たちまち身をすくめて後じさりする。嫌なものを見たくないので眼をそむける。この中途半端の心情では、密林《ジャングル》のなかに入るような利害得失の対立に処する外交はとてもできるまい。

わびしささびしさの微温的な情念は、常に同類を求めて身をすりあわせ、その感触に甘えて心安らかになる。現実の冷酷さに直面するのを厭《いと》うて朧月夜のように曖昧な言葉によって眼前に幕をおろす。全滅を玉砕、敗戦を終戦、占領軍を進駐軍という風に、事態の堅い真実を撫でさすって滑らかに変化させる。すべては架空の夢幻であることを意識しないように自己催眠を施す癖が身についているのであろうか。その為に言葉をもてあそぶ。

自発的に社会構成を変革した例はなく、日下の現状がだらだらと続くのを望む。そのかわり外国からの圧力がかかると前後の計算なく激情が発生する。侘《わ》び寂《さ》びの心境は、日本人をおのずから保守的な姿勢へと導くのである。

自分の家にプールがあっても

プールを自分の家の庭につくる人がふえてきているが、虚栄《みえ》を別にすると、おそらくムダなものではあるまいかと私は思う。自分の家にプールがあっても、そこで熱心に泳ぐ気はあまり起こらないのではないかと思う。私はお好み焼きが好きだから、卵や肉やエビやいろいろなタネを自分で勝手に工夫して家で焼いたらさぞおいしいだろうと思って、苦労して浅草の食器問屋をさがし歩き、台と鉄板とコンロを買ってきてためしてみたが、いっこうにおもしろくないものだった。タネはとびきりなのに、ちっともうまくないのである。

『日本人の遊び場』昭和三十八年（13—49）

晴と褻《け》の関係である。言いかえれば外出着と常着の差異に等しい。たとえ一張羅であっても、それに身を包んで外出する場合には、ちょっと少ないめではあっても、背筋をちゃんと伸ばして姿勢をととのえるではないか。誰に見られても醜《みにく》く貧相な格好にならぬよう、なかば無意識ではあっても然るべく注意をはらう。その微妙な緊張感が全身にゆきわたって快い。自分が家から外に出て世の人びとのなかにまじっているときは決して自堕落にはならぬであろう。我が家のプー

ルで泳いでも、こそこそしているようで一向に張り合いがない。友達を呼びよせて一緒にぱちゃぱちゃ水をかいてみたところで同じことである。普段着をゆるやかに羽織ってそそくさと巻いた帯を引きずっている場合と同じではないか。

服装にしろスポーツにせよ、誰かに見られていると意識した時は、おのずから気合が本格的になる。当然のこと自分の記録に達するよう、本気で手足に力がはいって持てる技能を十分に発揮できるであろう。つまりは張り合いがあってこそ真剣になれるのである。

お好み焼きに話を移すところには幾分の計算があると評し得ようか。正式の改まった食事ではない。元来は一時しのぎの虫おさえである。ありあわせのあわただしい捏《こ》ね方もざっくばらん、下町らしい生活音のがやがやを耳にしながらという場景がふさわしい。念入りに食材を用意して調理に工夫を凝らすと、上品すぎて本来のあわただしさが失《う》せ、場違いに感じられるのではなかろうか。

自尊心の奴隷

人はこの世に生れたときから自尊心の奴隷になる。たえずまわりにある人や物に服従を要求して、瞬間、瞬間の成功や失敗をつみかさねてゆく。いつも自分しか愛さない。鑑別力ができると他人の示す服従の媚びについて、たえず鼻をクンクン鳴らしはじめる。

『日本人の遊び場』昭和三十八年　（13—53）

自尊心と嫉妬とが裏と表に合わされて一体となり、それが生存欲となって人間の成育を促す。内側にあっては自己愛《アムール・プロプル》が精神の芯柱《しんばしら》となって己《おのれ》の心身をサポートする。この自己愛が外側に向くと自尊心となるであろう。この気働きなくしては誰も生きてゆけない。これがすべての人間に共通する意識構造である。母が第二子を生むなり、今までちやほやされていた第一子が、生まれたばかりの赤ん坊に、自分が当然に受けるべき待遇の恩恵を奪われたと感じ、やたらとむづかりやんちゃな振る舞いをする時から、人間の精神活動がモーターを得て活発に動きだす。成長の第一段階に達した証《あかし》と見るべきであろう。

自尊心は自己防衛の基礎であるから、この堅い地盤がなくては、生きる意欲が十分な発達の経路を直進しない。人間は社会の群れに参入して生きるのであるから、その一生を通じて脳裏を支配する衝動は他者との比較である。当然のこと、のんびりとリラックスしてはおれない。眼球が絶え間なくコロコロ動き、他者と自分とを秤《はかり》にかけて検討する。その身構えが不自然でなく身についてゆく道筋そのものが、すなわち万人に共通する成長過程と見做すべきであろう。

自尊心に駆られて人交わりしているうち、何事か大きな衝撃を受け、本来の自尊心が弱まった揚句、劣等感にさいなまれること無きにしも非ずである。その僻《ひが》みが嵩《こう》じると気分が折れて曲って歪《いび》つになり、世に拗ねて時に異常な行動に出て社会の秩序をかきみだす。人口の何パーセントかの厄介者が現われるのは自尊心が歪曲した結果である。

人間が最も怒り憤るのは、自尊心を傷つけられたと痛切に感じた場合である。相手になんの底意もなく、むしろ即興の気分で口にした一語数語が、こちら側のぴりぴり緊張している自尊心の薄い皮膜を傷つけるのである。それゆえ自分に親しい誰彼の、多少は程度の違うそれぞれの自尊心において核となっている特徴を、できるだけ早く見抜いて把握しておかねばならない。その点をよくわきまえた人が世巧者《よごうしゃ》として、周囲の人たちから好意を受ける次第となる。

こうして他人の自尊心に疵《きず》をつけない配慮はおおむね可能であろう。しかし自尊心と表裏の関係にある嫉妬心ばかりは、それを防いで我が身を守る術《すべ》もない。松下幸之助が喝破したように、嫉妬心は万有引力の如く、除《の》けたり無くしたりの手立てを講じることのできない万人に共通の自然現象である。それに対しては、とりあえず自分の嫉妬心をできるだけ弱火に調節すること、および他者の嫉妬心をもろに受けないよう身をかわすこと、それしか打つ手がないと心得るべきである。

フナ釣り

〝フナ釣りにはじまってフナ釣りに終る〟という言葉は、おそらく、フナの繊細さ、そのアタリのこまかさをほめるためにつくられたのではないかと思う。

『日本人の遊び場』昭和三十八年　(13—64)

釣堀を訪れての連想である。フナ釣りがなにゆえ重く評価されるのか。その理由が敍述を続けて次のように解明される。フナは容易に食いつかぬすれっからしであるので、この慎重居士の裏をかいてひっかけてやろうというのだから、ひとしお苦労であり、それゆえ執着の念もまた強いのである。

ヘラブナには妙な癖があって、チョイチョイと糸や針に横腹をすりつけてくる。ウキのうごきでこの媚態を見破るのにはなかなかの修業がいる。餌をついばむそのやりかたもひどくこまかいもので、ウキはほんの少ししかうごかない。毎日毎日、のべつにウドンやカンバイ粉やサナギで攻めたてられているから腹いっぱいだということもある。その美食家が重い腰をあげて、しぶしぶ、餌を、遠慮がちにお舐めになる。そこを一瞬、あわせる。ヒョイと魚がはずす。あのパチンコ屋と諸師の知恵くらべに見たのとおなじ知恵くらべが、水と桟橋を舞台に、無言の静寂のうちに展開されるのである。

開高健の釣り体験にはかなり年期が入っている。大阪の南郊、北田辺に住んでいたから、すぐそこに股《もも》が池（今は桃が池）が、常に岸ちかくまで湖水をたたえている。中学初年の彼はこの池に目をつけて、雷魚を釣ったのだという。これはいとも簡単に釣れたらしい。すぐ飽いたのであろう。後年の彼は、釣るのがたいへん難しいという評判の難物を求めて、世界をかけめぐる旅を続けた。

〝自然〟の味をひとつまみ

総じて洗練とか芸術とかいうものにはかならずどこか〝自然〟の味をひとつまみふりかけておかなければビフテキにコショウを忘れたような結果になるのではあるまいか。おしるこには塩コブをつけたほうが甘くなるのではなかったか。古来の無数の例がそれを語っていはしまいか。そしてフランス人とおなじように、私たち日本人ほど洗練の極致を芸術において発揮した民族はめずらしいのではなかったか。

『日本人の遊び場』昭和三十八年（13―107）

人間が自然に面したときに生じる清純な感動を、湧き水のように楚々たる気配を損わず、小説のなかに描きこむのは非常に難しい。

ややこしい訓戒ではなく押しつけがましくもなく、寛いで読めるのを特色とする、小説という表現様式が発生した当座、小説には素朴な受けとり方で自然が点景として描かれていた。しかし、一方で小説の技法がおのずから巧みになり、同時に近代化された都市文化の発展にともない、小説の流れが主として人間描写に傾くようになってゆく。

十九世紀には、ロンドンやパリに集まってきた人物群像の葛藤を主題とする作品が増えると、自然がおのずから後景に退いた。その理由は簡単である。小説が生まれ発展したヨーロッパでは、気候の変化が少なく、外界が単調な姿をとり、総じて陰鬱の気配を漂わせる。そこから心をときめかす感動が生まれる確率は少ない。したがって、自然描写それ自体が様式化されて活気を失う。ゲーテが意を決してアルプスを越え、南欧イタリアの太陽に恵まれた、明るい風景に接した時の驚きと感動を思い起こしていただきたい。一年を通じて曇りがちの欧州では、自然は心を躍らせる活気の素材とはなりにくいのではないか。

それと対照的なのは日本列島における春夏秋冬の移りがもたらす季節感覚である。平安朝の時期は、地球が寒冷化していたにもかかわらず、清少納言は四季のめぐりを描くのに非常な筆力を見せた。いちいち例を挙げなくても、日本の文芸が季節感を軸に展開したこと自明であろう。変化に乏しい単調な自然は、強い感動を呼び起こさないから、力をこめての微細な描写に値しない。自然に密着し敬愛の念を深めるのは日本人の特徴である。フィリピン人の風景を痛切に表現して、自然描写に比類なき達成を示した大岡昇平は、日本人の自然感覚をもって観察し得たゆえ成功したのではなかろうか。

このように、折角の恵まれた条件を活用せずに歩んだ、日本の近代文芸の偏向に対する不満が、開高健をしてこの一節を記すように促したのであると思われる。ここでの言い方が実に微妙であって、自然の味をひとつまみ、と限定しているのが印象的ではないか。自然とべったり密着して自然に融けこんで同化してしまえば私小説になる。開高健はその間の事情を念頭におくからこそ、ひとつまみ、という語を用いたのであろう。のちに彼は諸国の自然に数知れず接するのだけれど、自然にもたれかかるような表現に傾くのを敢て避けたように見受けられる。

これこそがすべてのはじまり

舞台と観客席のあいだには絶妙の均衡が保たれているらしい。客と芸人の野次りあいは両者とも完全に呼吸が合って、痛烈をきわめていながら、けっしてたがいを傷つけない気配なのである。それを見ているうちに私はわくわくし、全身の血がさわぎたつのをおぼえた。そして、その熱さのなかで、とつぜん、これこそがすべてのはじまりなのではあるまいかと思った。

『日本人の遊び場』昭和三十八年　（13―113）

浅草の木馬館に入場しての感慨である。正月だものだから超満員のスシずめで、人ごみのなかに立ち、身動きもできず壁に押しつけられた。小さな舞台、派手で色褪せたわびしい幕。しかし、小屋のなかは熱と活気で盛りあがっている。人びとは拍手し、叫び、野次をとばし、まわりの誰にもはばかることなく哄笑した。匕首《あいくち》のように鋭くて短い野次が、舞台の進行にぴったり合っている。

このような熱気と交流とが本来の興行という寄り合い騒ぎの本質であった。やかましいけれど身を乗りだして叫んでいる見物席の興奮が、あらゆる芸能の出発点であったろう。陽気な猥雑を全身に感じとりながら、開高健は芸能の発達史を推察し、思い浮かべては嘆息していたに違いない。

この木馬館を基点として眺めてみると、現在の芸能界がいかに形式化しているかがよくわかる。東京の国立劇場であろうが大阪の松竹座であろうと、イヤホーンを借りて舞台の進行をやさしく細かく途切れなく懇切に説明されるのを聞く。観客は襟を正して真剣に学習している。掛け声はこの道の専門家が、ここぞという場面で適切に叫ぶ。

学校の教養がざわめきに満ちているのと反対に、伝統芸術の舞台は何処でも、楽しみよりもむしろ教わるのを主とする勉強の場となっているようである。まじめくさった教養主義が劇場を冷やしているのではあるまいか。

軽薄で幼稚な銀座

銀座というところは、あさはかなところである。ここに集る人びとは、夜となく昼となく、いつだって人を批評することばかりにふけっているようである。目くじらたて、妄想をめぐらし、その場かぎりの言葉のそよぎだけで、人の骨を洗いたてることばかりにふけっているようなのである。それがなにかしら高級なことのように思っている。

木馬館の人たちは骨を洗わない。彼らは皮肉をとばしながらもちゃんと人を育てることをわきまえているように見える。たたいて人を育てるよりも、なでつつしかも甘やかさずに人を育てることのほうが、よほどの工夫と精力と本能の聡明さを要することだろうと私は思うのであるが、軽薄で幼稚な銀座はそういうことをなにひとつとして理解していないように私にはながめられるのだ。

『日本人の遊び場』昭和三十八年　(13―122)

知識人、インテリ、などという呼称が次第に古びつつある。しかし、その根性だけはふてぶてしく今もはっきり残っているだろう。自分のことは棚にあげて、文化人社会の誰彼をとりあげて罵る。この分野では嫉妬が幅をきかせて跳梁《ちょうりょう》し、党派がほとんど決定的な力を発揮している。

人は誰でも何時でも、他人を批評するときには端倪《たんげい》すべからざる洞察を示す。殊に文化人の本質は売名家であるから、その鍔競《つばぜ》りあいは熾烈《しれつ》をきわめる。全員が基本的に競争相手であり敵であるから、おのずから眼《まなこ》がけわしくなるのであろう。

現今の新聞雑誌《ジャーナリズム》は、著作を批判する文章を載せない方針だから、表面は春風駘蕩《しゅんぷうたいとう》、平穏無事に鏡の如く波立たずの光景であるけれど、活字にする方途を失ったかわりに、水面下での貶しめ罵りは常に燃えあがっている。以前は紙面で行われていたけれど、今は暗闇で刺客が横行するという難儀な局面になっているのかもしれない。

私が開高健の作品に電話でケチをつけるたびに、彼は持ちまえの大声で、人は褒めて育てるものだぞ、と言い返すのが常であった。何かを批評するとき、欠点を指摘してイチャモンをつけるのは、実に容易であるけれど、理路整然と不自然でない賞揚の言葉を並べるには、よほど綿密な読解力を必要とするので、評者は気力に満ちていなければならない。

一般に傑出して大をなした人の場合、人生の比較的に早い時期、褒めて励ましてくれる師に出会っている。そのような出会いはいささか運命的とは思えるけれど、本人の性格に可愛気がなければ、幸運な遭遇が得られないであろう。

特に大勢から批評され黙殺されている作品の擁護を買って出るには、よほどの覚悟がなければならぬ。伊藤整の小説『氾濫』が、型紙で作りあげたという風に見られて不評であったとき、これこそは待望の新しい達成であると論じた北原武夫の、意を尽くした長文の論評を今更の如く思い出す。

第4章 芸術、表現者

知的スノッブ

きわめて一般的なもののいいかたとして、知的スノッブのあいだにおいては美がその価値を減じずに効用に奉仕し得るというような考え方がはなはだ成立しにくい。

「ポスター画家礼讃」昭和三十三年（13―162）

辞書では、スノッブの意味するところを、俗物、にせ紳士、鼻もちならぬ気取り屋、と訳してあり、それはそれとして誤ってはいないのだけれども、更に踏みこんで解釈するなら、社会の上位に君臨している有力者に対する崇拝にとりつかれている性情、浮世の権威などはりぼての玩具《おもちゃ》みたいながらんどうであるとは決して思わず、理も非もなく仰ぎみて、その階層と自分との間を隔てる距離を、少しでも縮めたいと願う心底からの心情、そのような性癖をも含むと考えられる。

我が国には貴族階層が形成されていないので、そのかわりをつとめて崇拝の対象となるのは、東大法学部をはじめ若干の大学を卒業した学歴である。けれども、表向きの建前とは別の実情を注視するなら、日本の大学は試験に合格して入学したということのみに価値があり、要するにそれだけの単純な見せかけにすぎないのだけれども、階層のない平等社会である我が国において崇拝する対象は、それしかないと認めざるをえないであろう。

話かわって、フランソワ・フォスカは『文学者と美術批評』（大島清次訳）のなかで、アカデミズムにおいては、既成の権威ある作品の中核部分には触れず、従来の型に敬意を表しながら、その末端部分に多少の修正を加えるのみで満足しなければ、認められないのが常であると諷刺している。ところが、我が国のアカデミズムは、それほどの強い権威を持ってはいない。同時に主体的で厳密な批評家が不在である。それゆえ単なる形式主義が評価の基準とならざるをえない。したがって開高健が嘆いているように、美術が効用へ向かって奉仕するという機能がなかなか認められないのである。

漫画を支配している線

CF（コマーシャル・フィルム）は自然主義のわるい支配にたいして姿勢がまっ

たく低いのである。

この場合、自然主義というのは発想法の本質そのもののことをさしている。ひとつひとつの動画について観察してみれば、なかにはすぐれたイメージの飛躍や頭のよいアイディアをもったものもすくなくはないのだが、それはプロットとしての漫画であって、実際に漫画を支配している線そのものがどうにも古くて陳腐なのである。

「コマーシャル・フィルムの枠」昭和三十四年　(13―200)

開高健が、静であるか動であるかを問わず、タブローでもCFでも漫画でも、注目するのは常に必ず、線、である。その視座をみずから説明して言う。

ひとつひとつの動画について観察してみれば、なかにはすぐれたイメージの飛躍や頭のよいアイディアをもったものもすくなくはないのだが、それはプロットとしての漫画であって、実際に漫画を支配している線そのものがどうにも古くて陳腐なのである。小説家における文体のように、漫画はまず線で感じられ、考えられ、線から発想されてゆくものだと思うが、その線がお話にならないのである。

漫画の場合、構成や色彩は二の次であって、すべては線そのものにかかっている、と開高健は考える。線こそ、発想と技能がそれによって自己を表現する戦場であると申しても宜しいか。

後年、開高健は芥川賞の審査をつとめたとき、何を措いても、まず、キラリと光る一句を、と求め続けた。絵画であれ漫画であれ、彼は胡魔化しのきかない決め手となるものに着目して評価を定めている。批評の核心を見出して、そこに立脚すべきものだという信念が、いかなる場合にも動揺しなかった。そこからはずれた判断は、批評の本筋ではないのである。

美術評論家の文章

美術評論家の文章はたくさん読んだが、一度も納得のいったことがない。彼らの文章の多くは単語がめいめい勝手に自己回転を起しているだけのように見えて、ほとんどさいごまで読みとおしたことが一度もない。文章はたいていの場合、一本の糸でつらねられた頸飾りである。が、しかし、彼らの文章はそれぞれそれぞれの石が単玉のダイヤモンドとしててんでばらばらに光の騒音を投げかわすばかりのように私には思えた。

「毛利武士郎」昭和三十四年（13―204）

論より証拠、各種多様な美術全集を繰って、そこに座を占めているお歴々の解説文章を読んでみるとよい。とても読めたものではないと呆れるであろう。ほとんどが文章としての表現力を身につけていない。悪文の見本としてなら役に立つであろうと思わせられる。

ジャルゴンあるいはジャーゴンという言葉があり、素人にはわからない専門語、特殊用語、わけのわからない言葉、などと訳されている。要するに、それぞれの業界の内部でのみ取り交わされる業界術語である。自信のない解説家ほど、ジャーゴンを羅列して能事畢《おわ》れりとしているらしい。競《せ》りの行われる場所で叫びあっている言葉が、一般人にとって何を意味しているか理解できないのと同然である。

とっくの昔に美術全集のブームが去り、古書店では一冊ずつばらして売ろうとしているが、それでも売れゆきははかばかしくないらしい。そこで多くの頁数にのさばっている解説の担当は、学問のなかを泳ぐのに長《た》けた者に与えられる利権であるらしい。さまざまなデータを散りばめているけれども、絵画そのものの構図や描法に重きをおく内在批評にはほとんどお目にかからない。時代考証や伝記探索が中心である。美術作品そのものを具体的に解明できる学者はほとんどいないのかと失望するのが落ちであろう。

漫画の批評

ストーリーだけをぬきだしてみれば他愛もない作品なのに見ていてなんとなく笑いがとまらないという漫画があることを考えると、あらためて漫画の思想や機智は漫画家のひく線そのもののなかにあることを知らされる。ときどき行われる漫画の批評はこの最初の一歩を踏まないで骨組みとしてのストーリーだけをとりあげているようで、いかにも片手落ちのように見える。

「漫画家よ、笑わせてくれ」昭和三十五年（13―230）

漫画には長い歴史があって、その間に様式の変転を通じて蓄積された技法の試みは実に多様である。ただし、漫画という言葉が我が国に定着したのは昭和初年と見られている。その前後から、各新聞に漫画の掲載は欠かせないようになってゆく。最初に国民的な漫画のヒーローになったのが麻生豊《あそうゆたか》の描く「ノンキナトウサン」であった。岡本一平は全集が出るほど確固とした存在となる。同時に講談社をはじめとする子供漫画が大変な速度で編集上の必需品となった。現在の高齢者はほとんどすべて幼い頃に漫画の洗礼を受けている。

戦後に出現した手塚治虫は最も広範の読者を獲得したのみならず、日本経済の高度成長を促進するほどの役割を果した。

ロボットなるものは、チェコの多彩な作家カレル・チャペックが、兄の助力を得ながら、想像力によって描きだした架空の物語である。その筋書きは以下の如し。

すなわち、大学者ロッスムは、魂を持っていないだけで、他の能力は完備したロボットを発明した。そこで、理想的な労働者として大いに売り出す。ところが、全世界にロボットが充満した時に異変が起こる。たまたまラジウスというロボットだけに、例外として魂を与えてしまった。直ちにラジウスの指導により、人間に対するロボットの叛乱が一斉に起きる。そのため、ロボットすべてが暴徒と化し、人間に甚だしく危害を加えるという終結となった。楽劇「魔法つかいの弟子」が連想されよう。

物語を締め括る為に悲劇を設定したチャペックの構想が原因となり、以後、ヨーロッパ全域において、ロボットには悪魔のイメージが定着した。厭《いと》うべき異形の者として避けられる。もちろんマイスター制度の破壊につながるという事情もあって、欧州諸国ではロボットを使用する発意が起こらなくなった。

こうして生まれた被害妄想を、完璧《かんぺき》にひっくり返したのが手塚治虫である。手塚漫画におけるロボットは、人間を助けてくれる有難い仲間なのだ。それゆえおそらく我が国でのみ、ロボットに対する嫌悪が生じない下地ができた。

かくして日本は世界で稼動するロボットの、ほぼ八十％を活用して高度成長を続ける。これすなわち手塚漫画の効果としか思えない。経済発展と並行して我が国は漫画を世界に発信する基地となった。ひとりの天才漫画家が、画期的な浸透力を発揮して、大きく国家を動かしたのである。

この厄介きわまる絵画的言語

文体はその背後にある作家の姿勢に究極的に連なるものである。原則として文体は単玉のダイヤモンドとしては存在し得ない。イメージは単語ではない。単語だけの生みだすイメージはいかにきらびやかであろうとも、所詮はいいかえ、あてずっぽう、軽業師の才能にすぎない。それは夢魔のように私たちを酔わせるが、さめればあくびのようにさってしまう。ただ私たちは表音記号による外国語にたいしてその原則をおしはめることはできても、日本語という、この厄介きわまる絵画的言語にたいして厳密な意味での散文論を確立し得ない尾テイ骨のゆえに悩みが果てしなくつづくわけだ。

「眼を洗う海の風——鶏のモモ焼を推奨するきだ・みのる氏」昭和三十三年　（13—333）

誰と比較しても語彙の豊富さでは首位を占めるであろう開高健が、単語によって飾りたてる敍述に否定的価値を下した。漢字を重用している日本語の、痛いところを衝く批判となっている。韻を踏む漢詩の表現力を拡大するため、漢字はおびただしい同義語を作りだす結果となった。多少とも漢籍を学習すると、ひとつの事柄を表現するのに、幾重にも同義語を駆使することができるようになる。けれども、思考の厳密を期するなら、同義語の使用を禁じなければならない。日本語においては、単語によりかかる姿勢を避ける心得が必要である。

続いて散文論の問題。漢字と平仮名と片仮名を駆使する我が国の文章に、正書法を定めることが絶対にできない。記述を進める場合、漢字と平仮名の連結に際しては、漢字が貨物列車みたいに連なる不手際を避ける工夫が必須である。一篇の文章を書き続けると、前に来る漢字にまた漢字を密着させてしまうのを防ぐため、さっき使った同じ漢字を、その先ではわざと開いて、平仮名により表記せねばならぬ事態が繰り返し起り得る。この間の呼吸は文章を書いてみればたちどころに会得されよう。

みっともない表記を避ける為には、『分類語彙表』と『新潮日本語漢字辞典』が必須となる。漢字の訓み《よ》には幾通りもあるから、どれを採るかはその場その場によって、適切に選択しなければならない。

加えてなんとも厄介なのは、うっかり気をゆるめると、文章の終りが、同じ語法の連続に陥ることのないよう、注意せねばならぬ心得である。漢字と平仮名と、外来語の表記に必要な片仮名と、三種類の文字を組み合わせる日本語の表現機能はまことに豊富である。と同時に、気をひきしめていないと、曖昧の落とし穴にはまる恐れなしとしない。日本語については、散文論の名儀を借りて正書法を定めることが、不可能であると観念せねばならぬ。

ゆめゆめ、高い姿勢をとるな

人間が書けているという批評をうけるための作業はそれほど困難であるようには思えない。人物の周辺について多くのデータを報告し、すこしばかり演技して人格を仮設しておけばよいのだ。読者のある人びとは哀愁や絶望を豚のようにむさぼりたがるから、そのときどきの気分にしたがってニヒリズムのいぶし銀かリリシズムの流しをかけておけば、達人とか、味わいとか、見つめる眼とか、ほんものとか、いろいろなことをいってもらえるだろう。なにより注意を要するのは世界を小さく、せまくかぎってしまい、内面に〝沈潜〟して外界に挑戦しないことである。単眼の透明さに徹して純粋を獲得せよ。ゆめゆめ、高い姿勢をとるな。

「絶えず自己破壊を」昭和三十三年　（13―344）

新劇の舞台では、かなり未熟な俳優でも、警官および兵隊に扮した場合なら、一応の格好がつくと言い習わす。役者と観客との間に固定観念が共通しているゆえであろうか。文化界では特に硬直した既成の、足許の定かならぬ評価基準が、昔からしつこく燻《くすぶ》っているようである。

小説をけなす場合の常套語《じょうとう》は、女が書けていないという評語であろう。正常な生活を送っている女性を登場させたら、必ず貶《おとし》められる風習は、昔から変らず続いているように思われる。その反面、身をもちくずして沈湎する女を描くと肯定的に評価される。丹羽文雄が流転の母を描いた『鮎』一篇でたちまち認められたのが、その典型の一例であると見てよかろう。

伊藤整が熟年の情事を軸に『変容』を完結させたとき、ほかならぬ丹羽文雄は、伊藤整が初めて小説を書いた、と評したと伝えられる。林芙美子が『放浪記』で一足飛びに作家としての地位を占めたのも、同じ批評力学が作用したせいであろう。

アジアについて

なにやらかやらであったが、結局のところ、私たちは、アジアについてほとんどなにひとつとして知ることなくいまの場所にたたされているのである。〝アジア〟どころではない。ついお隣りの中国についても、ほとんど私たちは知ることなくして――と極言してもよいのではないか――そのままうっちゃらかして、ただその日、その日をごまかして、くらしてきた。

「地声で、肉声で……」昭和三十六年（13―401）

アジアはひとつ、と記した時の岡倉天心は願望を述べたのであって、彼はその夢想に実証の裏打ちを施すには至らなかった。それぞれ異なるアジア地域が連帯するのは不可能であろう。ヨーロッパの諸国が同じ根っ子から出発したゆえ、欧州連合が形式的にでも一応は成立した事情と、複雑にこんぐらかったアジアの歴史とは本質的に別箇である。近代の日本は、最後に大東亜共栄圏という名称を持ちだしたものの、それが実質を伴わぬ単なるスローガンに終った経緯は周知であろう。

日本と中国とが同字同文の国であるなどの言い立てには強引な無理がある。漢字は中国に発生し、朝鮮半島を経て我が国に伝えられたのであるが、奈良時代には早くも漢字を使いこなしながら、日本独特の用字法を作りあげたのである。それ以後は荻生徂徠などの古文辞派が中国語に親近したけれども、所詮は図式を解くのと同じように学習の対象として選びとったにすぎない。

漢籍の研究読解では、江戸時代にひたすら努めて中国の水準を抜き、逆に中国へ感化を及ぼすまでに至ったが、我が国の儒者は中国の古典を、人間世界すべてに共通する普遍的な真理が記されているという風に受けとって探究したのであって、中国の国柄や中国人の根性を学ぼうとして勉学に励んだのではない。日本人はいまだに中国人の心性をまったく理解していないのである。

教養主義

日本では散文が詩を代行していると、いつか神西清《じんざいきよし》が名句を吐いた。とりわけこの指摘は昭和期の文学作品の本質をえぐっていると思わせられた。作家たちはことごとく詩人であったし、いまでも、そうである。正しい意味での散文とその精神からかなり離れた場所に私たちはいつとなく漂着して暮しはじめたように見えることがある。〝教養主義〟が日本の作家を毒している。私たちは口語体で作品を書いているけれど、その本質は、よく見ると文学文とでもいうようなものではないかと思う。

「メタフォアの乱費」昭和三十八年　(13―426)

近代の我が国では散文が詩を代行しているという観察はけだし鉄案であろう。一応は散文と見えても、読者を得た作品には、敍情詩の香りが漂っている。むしろ詩人と称されている人たちのなかには、たとえば金子光晴や小野十三郎のように、散文精神を基底とした強靭な達成がうかがえる。開高健は一貫して敍情の甘味に頼る姿勢を示さなかった。その反撥は二十歳の頃から晩年まで変っていない。彼が『人とその世界』に選んだ先輩たちの名前を一瞥するだけでも、開高健が硬質の文体を尊重していた志向が歴然と浮かびあがってくるであろう。

教養主義に対する強い斥力もまた同根から出ている。『三太郎の日記』が代表している、あの悟りきったような野孤禅のまやかしに、開高健は怖気《おぞけ》を振りはらい叩きだすような気迫で対立していた。

明治以後、我が国の小説が思想の代理を務め、批評家もまた、文芸に思想性を求める連携プレイが、開高健にとっては不純な風土としか見えないのである。

こうして、伝統的な評価軸に合致しない、鋭角的な散文の敍述を目指した彼の作品は、批評されること甚だ少なかった。唯一の例外は『夏の闇』を評した山崎正和である。開高健は孤独感を噛みしめながら、それを洩らすことが絶対になかった。

皺は一流、笑いは二流

本邦の現代文学界においては〝笑い〟よりも〝皺《しわ》〟が重んじられる。笑いのうちにこめられた知恵の閃きは見すごされ、メッキでもよい、苦悩の皺があればホメられる。皺は一流、笑いは二流とされている。笑いというものは表現するにあたっては皺よりもはるかに精神力を必要とするものなのである。ある時期のギリシア人は悲劇よりも喜劇を重視していた。正しく鋭い洞察力だというべきである。笑いは偉大な感情だけれども、これほどつかまえにくい、解説しがたく、定義しようのない、言葉の鋳型にハメこみようのない感情はない。

「魯迅に学ぶもの――その本能の知恵」昭和三十九年（13―444）

日本近代文学の偏向と真向から批判して矢を放つ掛声である。明治以後、上等な文芸と評されるには、何かが欠落している主人公に苦悩させせるお膳立てが必要であった。

つい先年まで、文芸作品を主軸とする新潮文庫では、売りあげの第一位は『こころ』、第二位が『人間失格』であったと報告すれば、我が国の風土を理解していただけるであろう。要するに沈湎《ちんめん》する人物像を押しだすのが世評を得る為のコツであった。『暗夜行路』までもがその分類に加えられていた読みとり方の無理を、中野重治が情理を尽くして粉砕した。

真当に考えれば何でもない、世間ではとりたてて問題にするまでもない煩悶と失落を、小説の主題に据えて評価された最初が、田山花袋の『蒲団』であろうか。中村光夫が歯ぎしりするような強い調子でこきおろしても、たとえば『田舎教師』などを自ら慰める材料として共感する心情に変化は生じなかった。開高健はその間に読者受けした作品の特質を、皺、という一語によって斥けたのである。

近代期に入った我が国の文芸において、全く閑却されたのは、ユーモアであり笑いである。文壇はこの種に属する作家を下目に見て、文壇の垣根の外側に立って、無駄で下品な働きをする似《え》非《せ》文士として埒外に置いたのである。

〝創作〟と〝ルポルタージュ〟

ルポルタージュの独自性は作者の感性のなかにおける必然と偶然の操作、格闘、衝突にある。もちろん創作もそうである。けれどももし〝創作〟と〝ルポルタージュ〟をきびしく分類しようとしたら、現実に対して偶然性をどのように処理し、接するかということで二つは別れてくる。ルポルタージュの作者はおどろかなければいけない。たとえ毎週ちがった対象に接して時間がトカゲの尾のように寸断されても、少くとも切られた部分の尾はいつもピンピンと跳ねなければいけない。

「記録・事実・真実」昭和三十九年　(13―449)

驚きたい、と願った作家の最初は国木田独歩であったか。彼は進んで従軍記者となり、同僚の文士が接したことのないような荒々しい現実に触れたゆえ、ルポルタージュの記述法をめぐって感ずるところ思うところがあったのであろう。その体験を必ずしも作品化するに成功しなかったけれど、外を見てきた彼の筆法は一味ちがうのである。

　近代日本のルポルタージュは、横山源之助の貧困層に分け入ったゆえの訴えとして出発した。明治社会がつくりあげた下層社会の実状観察に基づく義憤である。それに加えて、何故《なぜ》このような状態が生じたかを、政治経済を分析する方面から考証すれば、叙述がより立体的になったであろうにと惜しまれる。

　開高健は、ルポルタージュの系譜を十分に理解しながらも現在はそれを通じて社会に何かを訴えるべき時代に非ずと割りきって、驚きの印象を如何に微細な描写に定着するかの工夫に沈潜し、結果としてルポルタージュの域を越える文芸作として結晶した。

第5章 作家、作品論

文学スノッブの蒼ざめた馬づら

漱石を論ずるときに『坊ちゃん』や『猫』をまったく無視してもっぱら『心』や『それから』に議論を集中する手口のどこかにたいてい文学スノッブの蒼ざめた馬づらが感じられる。これはどこかお湯を流すのといっしょに赤ン坊まで流してしまうことになっているような気がする。そのことに気がついていないらしい鈍感さがよこから見ていてばかばかしい気がするのである。

「喜劇のなかの悲劇――漱石」昭和四十一年（13―455）

ここで開高健が思い浮かべているスノッブは、何事に向かっても深刻に見える外面に平伏する人種を指す。『坊ちゃん』と『猫』を重く見る評価態度には、すでに獅子文六の先例があるけれども、これは何度もくりかえし論じる必要がある重い課題と言ってよかろう。

世に作家論を組み立てるのに定式がある。我が国では片岡良一が『井原西鶴』において先鞭《せんべん》を付けたと見てよかろうと考えるのであるが、実質はまことに簡便な形式主義の論法である。とりあえず一作家の作品群を、執筆あるいは発表の年代順に並べととのえる。そのうえで、年表のような時系列に即して、作家が一作ごとに成熟したと見做し、作者がまるで階段をのぼるように、年齢を重ねながら次第に高尚な円熟に達したという原則を立て、その年代順に作品論を積み重ねてゆくという方法である。範例として念頭においたのは外国の評論家である。

この定式をそっくりそのまま踏襲したのが、小宮豊隆の『夏目漱石』および『漱石の芸術』併せて二冊である。これによれば、漱石は『猫』から出発して確実に一作また一作と重厚さを増しながら成熟し、最も高度な『明暗』の構想に達するまで、上昇の一直線を駆けあがったという図柄が見事にできあがる。以後はこの論じ方が定番となり、全国いたるところで小宮豊隆に忠実な卒業論文が書かれ、上品な論法として賞められる習いとなった。

『猫』

ときどき私は夢想することがある。漱石は『猫』を書きあげたときにペンをおいてしまったほうがよかったのではあるまいか。彼はエゴという巨鯨の体内にもぐりこんで悪夢に身をゆだねることとなるが、悪夢に形をあたえることでも自分を救う唯一の道としての芸は、ときには、『猫』のほうが、完成度が高いのである。悲劇としてはかならずしも充実しきれなかったところのある後年の作品よりは、おなじテーマが喜劇としては、初期のたわむれのほうにこそ、完成した形をあたえられているのである。

「喜劇のなかの悲劇——漱石」昭和四十一年（13—457）

その人が何歳に達していても、『猫』と『坊ちゃん』を読んで、これは面白いと邪念なく喜ぶのが世の通例であろう。いかなる高度な学識者も例外とはならぬと思われる。漱石はこの二作に、年来の鬱屈をすべて閉じこめ封印したかの如くであろう。

明治時代の新聞雑誌《ジャーナリズム》において最も目立つのは人物論とそれをくだいたゴシップである。書き手にはピンからキリまでの差異があって島谷部《とやべ》春汀《しゅんてい》のように全集が刊行された一頭地を抜く代表者もあれば、同時に、いかなる文献目録にも発載されず、黙殺の淵に沈んで誰にも顧《かえり》みられない粗末な雑書も出版されている。それらをほぼ通覧すれば、明治の文筆家で悪口を全く書かれず尊敬されている三傑が浮かびあがってきた。それは、三宅雪嶺、中江兆民、夏目漱石であり、近松秋江が、漱石は高額の印税を取っているから出版社が可哀想だ、と記したのを唯一の例外とする。

最も遅く出発した漱石が、たちまち名声を得たのは、幸田露伴が『天うつ浪』を明治三十七年二月に中絶してから、知識人の心に訴え得る作品の不在時期があって、その空白を埋める役割を果したのが『猫』であったという事情に基づく。観客が待ちかねていたところへ現われた千両役者が漱石だったのである。

《私》の消去

『青べか物語』の連載がはじまったとき、私は山周が独創の苦心に成功したことを知った。それは作中の《私》の消去の工夫にある。作者は浦粕町の諸人物の言動を描き、その動機や背景についてきわめて簡潔な註釈をほどこしてスケッチを仕上げていくが、さて肖像画の生死にかかわる眼、口の部分にさしかかると、いっさい《私》の口を密封してしまう。読者は《私》が何をいったのか、まったく知らされない。ただ相手の返答ぶりで想像し、臆測し、まさぐるだけである。

「原形質としての生」昭和四十二年　(13―466)

山本周五郎は大正末年に作家として一応は自立したものの、作品は必ずしも上出来ではなく、固定読者もほとんどない苦難の日々が続いていた。彼が漸く自分独自の主題《テーマ》を摑んだのは昭和十年前後である。遅咲きの花であったと申しても無礼にはあたるまい。その間の鬱屈は察するに余りある。それゆえ長い雌伏のあと、『日本婦道記』に直木賞を、と内示されたのをあっさり断って、以後は一切の賞を辞退する方針を貫いた。権力者に対する反抗を身上とする山周は、文壇の大御所として君臨する菊池寛から、賞をいただくのは屈辱と感じたのであるかもしれない。

以後の山周は腕に磨きがかかり、いかにも玄人好みの凝り性で、魅力的な作品を積みあげてゆく。当時はまだ大衆文芸という突き放した呼称の通用する末期であったから、山周のみは、大衆作家であるにもかかわらず、純文学の枠をはみだすほど高度な作品を書く、という颪な評価が、言わず語らずながら広く定まった。

その時期に至って国民的雑誌『文藝春秋』から作品を乞われ、そこで連載した『青べか物語』は、誰からも絶対に影響を受けていない全くの独創を示す異色であった。平素は相当に点の辛い開高健も、さすがにこの作品だけは特別扱いして評価するに至る。これにヒントを得てのちの彼は、私、という言葉を決して使わない小説を構成した。

時代の唄

この時代苦がたとえなくても、故人の作品は書かれたかも知れないのである。文学は釈迦の掌《てのひら》のなかをかけまわる孫悟空のように同時代から逃げられなくて、何らかの形式による時代の唄である。たしかにそのとおりである。文学史家は時代を描くことから作家の肖像を刻みはじめよう。しかし、〝世のかりそめの荊棘《けいきょく》にも血をにじんで泥中を転々とする魂〟はつねにそれ自体の時代を沁みださせるものなのである。それがなければ文学作品の生まれようはずもないものである。

「高見順伝」昭和四十三年（13―491）

高見順が『故旧忘れ得べき』によって注目され、『如何なる星の下に』など同じ趣向の作品を続けて発表して華やかだった時期を、中島健蔵は、高見順の時代というものがあった、と評している。当時は、左翼くずれ、という呼称があった。つまり共産主義からの転向に際して、精神の立て直しに苦しむ多くの作家志望者の懊悩《おうのう》が、時代思潮の表面に浮かびあがっていた時期である。開高健はそれを好意的に時代苦と呼んだ。

この謂《い》わゆる転向時代のもやもやとした気分を最も巧みに実感として描いたのが高見順である。小田切進は、高見はこの長篇で、荒廃した知識青年たちのやけっぱちな自嘲潰の姿を、「八方破れの饒舌体」といわれた独自な説話的方法をもちいて描いた、作者は敗北の癒《いや》しがたい傷口を、おそれずにこじあけ、自己の人間としての弱さや醜さを大胆にあばきだしてみせる痛苦のすえ、ここはようやく起死回生の血路を開いたのだった、と評している。

ちなみに、転向、という名辞には多少の混乱があり、我が国では共産主義から脱する行為、欧州では、アンドレ・ジッドが『ソビエト紀行』を書いて心情的な共産主義者になった転身を意味する。我が国の内務省は共産主義者を苛酷に扱わず（小林多喜二は例外）、説得に説得を重ねて転向させ、世に送りだす処置をもって、その衝にあたった警吏の手柄と認めた。

『田園の憂鬱』

『初期文芸評論集』のなかに「洪水以後」に発表された批評文が入っています。ずいぶん年が若い頃にお書きになった批評で、たとえば『田園の憂鬱』を読んでたいへん感動したということをお書きになっています。これまでの佐藤春夫は才人才におぼれるようなところがあったが、これで何かになりかけてきたという感じが、ありありとわかる。その何かはまだよくつかめないけれども、しかしその気配は濃厚にある。世間の人々はしばしば谷崎潤一郎を賞揚するけれども、たしかに彼は異常な才能の持主ではあるが、書いてることの異常怪奇さとくらべて、本質はじつに常識人であるということをお書きになっていらっしゃいます。私は非常に鋭い批評だと思いました。

「行動する怠惰　広津和郎」昭和四十二年（14—14）

広津和郎の『作者の感想』（のち『広津和郎初期文芸評論』）と、佐藤春夫の『退屈読本』との二冊は、大正期における代表的な文芸評論であるのみならず、日本近代文芸評論史に屹立する記念すべき傑作である。

志賀直哉を論じてその地位を定めたのは広津和郎であり、後年の小林秀雄はほとんど広津の評論を借りて誇大な言辞を弄したにすぎない。

佐藤春夫の『田園の憂鬱』をいちはやく認めたのは、『文章世界』の時評における田山花袋とこの広津和郎とである。その他、文学作品を味読してその価値を定着させるために力を致した功績では、広津和郎がその一等席に座していると認めてもよいのではないか。この時期よりのち広津和郎が評論に筆を執ることがなかったのは、返す返すも惜しむべきである。

私は近代日本における文芸評論のほとんどを検討したけれど、文芸評論を専門とする論法には遂に感服しなかった。小説の批評にかけては、謂《い》わゆる評論家は勝手な熱を吹いているにとどまり、所詮は実作者の鑑賞眼には敵《かな》わないと痛感した。

行動人

いつ会っても広津さんは、いやァ、僕は万年床が大好きでねとか、旗本退屈男ですヨ、などといい、そして事実、そうらしいのだった。広津さんが私にあたえた最大の印象は、おっとりと、しかし徹底して執拗に持続する実践の人ということだった。その武器は実証と常識である。正真正銘、広津さんは行動人であった。

「行動する怠惰　広津和郎」昭和四十二年（14―19）

広津和郎の小説としては大正期の「神経病時代」そのほか若干の短篇が、文学史に残るのみ、作家生活は長かったけれど、以後は創作に熱意を集中することがなかった。異色の大作を完成して文壇に覇を唱えようというような山っ気がなく、さばさばとして注文に応じて筆を行《や》るのみであったように思われる。

しかし昭和二十四年八月の松川事件に関心を持ち、被告たちの文集を読み、裁判を傍聴して、被告たちの無実を信じた時から、まるで人変りしたかのように行動を起こし、今まで関係のなかった裁判を実証的に調査研究して広く世間に事件の実相を訴え、講演や執筆に没頭すること多年、遂に被告全員の無罪判決をかちとった功績は特筆大書すべきである。

その間、広津和郎が無私の活動を続けているのを注視した開高健は、広津和郎を尊敬し、求めてしばしば談話を聞いた。それはそれは面白くて興味ぶかく、大正文士の裏話を巨細に語って倦まなかったという。その具体に徹した多くのエピソードを、広津和郎も開高健も、記述して後世に残す労を払わなかったのが残念である。

〝リベラリズム〟

ふつう日本の知識人が〝リベラリズム〟というカタカナの字を見るときに感じ、連想するのは、〝あたりさわりのないことを気楽に話すこと〟ではないだろうか。

或いは、〝アレももっとも、コレももっとも、すべてはよい〟ではなかろうか。或いは〝アレももっとも、コレももっとも、困ったことだ〟ではなかろうか。そして、〝常識〟という漢字を見たとき、みんなはいっせいに眉をしかめるのではあるまいか。

「行動する怠惰　広津和郎」昭和四十二年（14―20）

『コンサイスカタカナ語辞典』は、ところどころに甚だウィットに富む訳語を掲げて楽しませてくれるが、さすがにリベラリズムの訳し方にひねりを見せることができず、木で鼻をくくったように、自由主義、の一語だけ放り出しているのがおかしい。それほどこの言葉は茫漠としているから、かっちり定義しようにも鰻を摑もうとするみたいに頼りないのである。

我が国でリベラリズムという言葉が最も流行したのは大正時代であって、『リベラル』と名乗る雑誌まで刊行された程である。この捉えどころのない、何事をも取りこむ気風を象徴する人物が武者小路実篤であると申せば、即座に理解していただけるであろう。

開高健が揶揄しているように、あれもこれもと風呂敷の如く、右から左まで目線の届く限り大幅に包みこむ。どちらの方角へも当り障りがないので万人が共感する。武者小路が期せずしてオピニオンリーダーの役割を果したその証拠には、四十歳に満たない時期、明治以来もっとも若くして、健在のうちに全集十二冊が出版された。それまでは、透谷や一葉などをはじめ、全集は没後の編集だったのである。

この大正時代には、世界の諸国が第二次大戦が確実に起こると予見して、国家総動員体制の準備にかかっていた。その動向を察知した日本陸軍も、来たるべき戦争に国民を引っ張ってゆく為の構想を練っていたのである。

二種類の人間

ロシアへいったときに或る文学好きの中年のマダムから、こういうことを聞かされたことがあります。昔父親は自分に世の中には二種類の人間がいる。ドストエフスキーの好きな人間とチェーホフの好きな人間だ。しかしどちらが優れているかとか劣っているとかいうことは誰にもいえないと、そう父親に教えられてきたというのです。味なことを子供にいうもんだと感心しました。

「行動する怠惰　広津和郎」昭和四十二年（14―22）

然り、その対比と選択は今もなお続いている。

見たところ存在感の重いのはドストエフスキーの方である。Ｅ・Ｈ・カーが評伝『ドストエフスキー』をまとめ、それに拠りながら小林秀雄も『ドストエフスキイの生活』を書き、続いて作品論に進み出た。全世界的にドストエフスキーは格別に深遠な思想家として尊崇され、文芸の究極に達しているように考えられた。

このドストエフスキー信仰を一挙にくつがえしたのが、ロシアの辺境に追いやられながらも屈せずに仕事を重ねたミハイル・バフチンである。一九二九年に刊行された『ドストエフスキイの創作の諸問題』は二十世紀における文学研究の最高峰ではなかろうか。我が国では昭和四十三年（改訂増補版昭和四十九年）、新谷《あらや》敬三郎によって『ドストエフスキイ論』の書名で訳された。続いて望月哲男・鈴木淳一による新訳『ドストエフスキーの詩学』が出ている。

バフチンの分析によれば、ドストエフスキーは構想を必ず対話の形式で表現する。モノローグの場合にも、言わんとするところを一直線に吐露せず、語りながら、最初から常に聞き手の発するであろうと想像される質問や反論を、さきぐりして自分の語りのなかに織り込み、予想される相手への弁駁《べんばく》を並行して重ね合わせながら、発言があたかも対話の如き立体的に躍動するゆえ、深い智恵が交流しているように読みとれるのである。

したがって、多人数が一堂に集まっているという場面設定の場合は、更に複雑な効果を発揮する。中心に位置する人物の語りそのものが、さきほどのモノローグと同じ要領で、何事かを言いかけながら、直ちに誰かが口にするであろう別箇の見解を想定して、鸚鵡《おうむ》返しにそれを自分の発言のなかへくりこみながら、それへの返答を加えてゆくから、問題は何時まで経っても解決に近づかないまま、糸がもつれるように論理が混合して行きつ戻りつする。

ドストエフスキーにとっては人生万般は対話によって進行する筈であり、それゆえ彼の小説はすべて、対話的対立矛盾として構成される。如何なる問題でも一筋の論理としては記述せず、発言者をして主張と反省と弁明を語らせ、同じ癖を持った知人もまた立言を対話形式で反芻《はんすう》させるから、議論の錯綜が広がって喧騒をきわめる。バフチンはこの創作方法をポリフォニィと呼んでいるけれど、結果としてドストエフスキーの小説表現は、思わせぶりを複雑にからませて、解という出口のない迷路へ誘いこむ手管なのである。

冷《つ》めたい眼

あのう、カリカチュアにするためには、僕のような若輩がこういうことをいって、申し訳ないのですが、だいぶ対象からひきさがって冷《つ》めたい眼を持ってなければできないと思うのですが、あの作品〈『神経病時代』〉では作者は人物たちにのめりこんでいる部分のほうが多いのではないでしょうか。私にはそう感じられるのですが。誤って読まれるのは作家の宿命ですけれど、あの作品で広津さんが作中人物と混同されるのはやむを得ない……。

「行動する怠惰　広津和郎」昭和四十二年（14―24）

開高健の読解は誤またず的を射ている。しかし、小説の作者と作中人物が、混同というより重なる仕上がりになるのは、なにも広津和郎だけではない。大正期には、むしろそういう結果を生む成りゆきが、その作家の純粋を保証する現象であると見做されていた。逆に作家と作品との間に距離があれば、未だ至らぬと排斥され貶《おと》しめられるのである。我が国に独特の私小説が主流となってゆくその端緒となる試みが大正文壇の特色であった。

本格小説と私小説という対立の構図が生まれたのもこの頃である。トルストイが本格小説の象徴であるかの如く尊崇されていた時代に、トルストイは通俗作家にすぎないと、久米正雄が放言したのは周知であろう。作家と作品とが臍《へそ》の緒でつながっていないと見られたら、純粋ではないと負《マイナス》の評価が下された。

作家は錬磨された自身の心情を、直接に吐露すべきであると信じられていた時代である。大正期の作家にとっては虚構《フィクション》なんて嘘《うそ》の上塗りであると感じられた。社会の外にはみだした流連荒亡の生活をそのまま記した葛西善蔵こそ、作家精神の権化であると錯覚するのが時代の風潮であったと思われる。その行き着くところが私小説であった。この間の経緯を見事に解剖したのが伊藤整の『小説の方法』である。この人は私小説を消滅させる業師《わざし》としての冴えを見せたのである。

文学は嘆息

このあいだ丸山（真男）さんのお宅で夜ふけに酒飲んで、一時頃に、僕はいろいろ考えるけれども、結局文学は嘆息じゃないでしょうか、大きな声をだすか、小さな声をだすかはべつとして、助けてくれエという叫び声を無駄だけれどしゃくりだす、ひっかける、それだけが文学の仕事じゃないだろうか。それ以上を求めるときっと壊れてしまうし、もちきれなくなるし……と思うのですがといったら、そういうことでは困る、それでは小林秀雄とおなじになるといわれました。

「行動する怠惰　広津和郎」昭和四十二年（14―29）

仕立ておろしの背広みたいに、人生がぴったり身についている人にとって、文学は必要ないのだ、と吉行淳之介が記した。言い換えれば社会という人の渦にうまく溶けこめない性格が、意識しているか否かの条件に差はあろうけれど、兎にも角にも、渇した者が水を求めるように、何時の間にか文学の虜《とりこ》になっているという場合もあろう。文学を最も必要とするのは精神の負傷者であるかもしれない。

けれども、総体としての文学は、人の成長を助ける刺激剤として、柔《やわ》らかく作用するのを、通常の機能としてきたし、今後もなおそのようであり続けるであろう。日常の生活から発生する肩や腰の凝《こ》りを、やわらげる鍼灸《しんきゅう》師の役割を果たす文学もかなり多い。文学は健常者にとっての慰謝となるゆえに、古く発生した時から今まで、あらゆる相貌をもって、絶えず提供され、一定の役割を果たしてきた。

そうではあるけれども一方、茫漠として境界のない文学の核となっている部分は、儒教的倫理に対立して批判する老子のように、弱者の立場にある者の悲哀、欠落者の痛ましい呻きなどが元素となって凝縮しているのであろうかと思われる。それゆえ、享受者として文学に接する場合には、人の世を見る眼を開かせ、心情を鍛え豊かに膨らませてくれる。

しかし、桃源郷の如くに感じられる文学作者の圏域に身を投ずれば、この世界が一般の浮き世にまさる競争の修羅場であると思い知るに至るであろう。

古武士的整序で自己を語る人

私は『俘虜記』を読んで、まずその文体の凜々たる断言調におどろかされた。これほどデタラメ猥雑をきわめた崩壊の時代にこんなに古武士的整序で自己を語る人がいるということに私は一驚を喫して眼をこすった。おそらくこれは私一人の感想ではあるまい。おなじ世代の連中にその後聞いてみると、みんなそうだというのである。徹底的な抑制、きびしい凝縮、削りに削った白木の木理《もくめ》を見るような緊密きわまる心理分析の操作、非情の省察のあとにとつぜんあらわれる多感の叫び、そのことにうたれたのだ。

「マクロの世界へ　大岡昇平」昭和四十二年（14―72）

謂《い》わゆる第一次の戦後文学が、最も目立った野間宏の『暗い絵』に代表される如く、我が国における戦前戦中の共産主義運動に参加した者が、公式主義の建前に引きまわされて無意義に落ちこんだ体験を、恨み辛《つら》みの怨念で塗りこめた、情緒過剰の感傷に走っていた時期、『俘虜記』の醒めきった理性に基づく硬質の表現は、蒸風呂《むしぶろ》から這いだして清冽な水を浴びたような落ち着きをもたらした。フランス語に特有の簡潔な表現様式を念頭に置いて、心情に傾くのを強靭な意欲

で引きしめた文体の響きは、湿度の高い情念の文学を過去に追いやったかの如き印象をあたえたと回想される。

野間宏の『真空地帯』と大岡昇平の『俘虜記』および『野火』とを較べると、召集された知識人の強いられた兵営生活を描く作家の根性に、これほどの落差があったのかと沈思せざるをえない。のち山本七平が明細な『私の中の日本軍』を提示して、大岡昇平の表現を裏打ちした。『俘虜記』があまりにも冷徹な完成に達していたので、その後の大岡昇平が書いた作品のいずれもが、新しい感動を与えなくなったように思われる。誰でも処女作にすべてが投入されていると の見方が以前から伝わっているけれども、或いは大岡昇平の場合も然りであったのかもしれない。

独立、自尊の気風

博士の文章は、観察記録がとくにそうだが、どれを読んでもじつに透明である。垢や臓物がないのである。爽やかに乾いている。ときどきむきだしの剛健なユーモアがとびだす。それから局外者の私には知りようのないことだが、博士の文章を読んでいると、ほとんど傍若無人にのびのびしていて、学界にどう思われるだろうか、こう思われるだろうかと右見たり左見たりしたあげく衒ってみたり、謙虚ぶってみせたりという気配が、どうも感じとれないのである。何かしらそこから吹いてくる風は独立、自尊の気風である。思惑と指紋でベトベトに穢れた文壇の文章ばかりを読んだ眼にはそれがとても気持がいい。

「カゲロウから牙国家へ　今西錦司」昭和四十三年（14―136）

今西錦司は京都西陣の織物で富裕の家に生まれた。幼い頃から好き放題に行動するのが通例となっている。京都大学の教授という定職を得たのは五十歳前後であったか。独立独行の生涯を自由気侭におくった。

開高健と私とが傾倒したのは『動物記』四冊、今西錦司を統領とする京都大学の研究チームが、野生の猿や馬の生態を観察すること数年、その成果を記録した纏《まと》めである。学界に提出するためではなく、一般読者に語りかけるための刊行である。

この生態観測のグループは、猿にしろ馬にせよ、自由に生活している行動をありのままに見つづける。そのため、一匹一頭ごとに異なった固有名詞をもって命名し、確実に見分ける手段を講じた。それなら混同する心配がない。欧米ではそれほど特別の観察方法を思いつかなかった。日本人だけの発明である。アメリカの学者が、日本流メソッドと呼んで讃嘆した。

今西錦司の行動は常に自由奔放、意の赴くままに独自の研究を目指す。ただし、鴨川の上流に注目して唱えた棲み分け理論は、それを考えだした場所が限定されているため、欧米の学術書では言及されていない由である。

異様な秀作

あらためて氏の創作を読みかえしてみて、私は『笛吹川』に感銘をおぼえた。『楢山節考』には世話物の甘い呻唸があるが、『笛吹川』は異様な秀作である。ゆっくりと字をたどりながら読んでいって私はいくつかのことに新しく気がついた。この小説は信玄と謙信が争いあっていた時代の雑草のような貧民の一家族の勃興と衰滅

を描いている。アリの国の戦争のように人びとは殺しあい、殺されあい、しかも子を生みつづけるという物語である。読んでいて気がつくことは、形容詞らしい形容詞がほとんどないこと、登場人物の男女老若のけじめがまったくつけてないこと、徹底的に詩と自意識を漉《こ》した散文でつづられていることである。

「手と足の貴種流離　深沢七郎」昭和四十三年（14―146）

世にはかなり多く、この題材であれば、なにも特に小説にしなくてもよかろうに、と思わせる作品がある。しかし、深沢七郎の「楢山節考」は、こればかりは小説という組み立てによってしか表現できない主題であると、思わず唸ったほど傑出していた。のちの「笛吹川」と共通して、詩情によりかかることなく、自意識にこだわることもない。深沢七郎が登場人物を見つめる場合、眼前に薄ぐもり気味のガラスを置いているのではないかと想像するほど、観察と描写に余計な情《じょう》が入りこんでいないのである。

この人はギタリストとして身を立ててきたので文壇とは全く関係がなく、先行する何者かの小説に学んだのではない。伝統からきっぱりと断絶して、なんの思惑もない白紙の心境で、ひたすら即物的姿勢に徹した散文を書く。不幸な事件のため書き続けるのを控えるようになったのは心残りである。一見とぼけているようでも、深沢七郎は小説や書物のタイトルをつける場合には実に適切な言葉を持ちだす。『言わなければよかったのに日記』など、とても余人の思いつくところではないのである。

『笛吹川』

ヌーヴォー・ロマン派は内界が外界に根拠をおきつつ外界は同時に内界の反射であるという永遠の二律背反をただ言語のついにくちびるの内にとどまるしかない消化と反芻のうちに失楽園《デトピア》物語を書きつづっていくのだが、そして日本ホンコン・フラワー派はそれらについて感動なき神秘の密教語を吐きちらして翌朝にはケロリと忘れて味噌汁に舌つづみをうつのだが、『笛吹川』に充満する第一の現実の痛切と第二の透明な抽象ぶり、その徹底ぶり、観察の精緻と洞察の深さ、表現の苛烈な簡潔は、ちょっと類がない。

「手と足の貴種流離　深沢七郎」昭和四十三年（14―１４８）

時流に乗じてスクラムを組む連中に対する開高健の批判は遠慮会釈なく厳しい。この種の発言においては、常に否定すべき対象の肺腑を衝くほど鋭利に、斥力の強い語彙を総動員するかの如くである。

それらとは逆に、ラブミー牧場に隠棲した深沢七郎を、貴種流離と表現した心情のぬくもりがこれまた格別である。

言葉としては一般に、貴種流離譚、と続けて一語の扱いとしてきた。この人肌の温かみを内包しているような呼称が生まれた経緯を説明しておこう。

昭和の初期であったかと推定するのだが、柳田国男と折口信夫との間で、たとえば日本《やまと》武尊《たけるのみこと》を連想させるような、身分のかなり高い人物が、遠方へ追いやられるような悲運を、的確に表現するような呼称はなかろうかという話が出て、これから考えてみようと言い交わして二人が別れた。暫らくして柳田国男は、流され王、という案を提示した。それからまた時間を経て、折口信夫が『古代研究』のなかでさりげなく、貴種流離譚、という呼称を記した。柳田案の平凡なのと較べて、折口が考えた解答の魅力的なこと。これを機会に、貴種流離譚というあでやかな表現が定着したのであった。

事物の力を裸形に描く年代記の文体

『俘虜記』は削りたての白木の木目を見るような文体で書かれている。腐ったり、風化したりするものがはじめからないのである。いつも小説はそのもっとも美味な部分から腐りはじめ、しかもそうとわかっていながらそれなしでは成立できないという厄介な二律背反を負わされているように思われるが、この作品は事物の力を裸形に描く年代記の文体で心の動きをとらえようとした試みであり、そのみごとな成果であったと思われる。絶望も歓喜も、日常も瞬間も、事象も心象も、すべて、空気は酸素と窒素でできているのだと指摘するのとおなじような単位の簡潔さで書かれている。

「大岡昇平『俘虜記』『野火』武田泰淳『審判』の場合」昭和四十七年（14―316）

大岡昇平は『俘虜記』で文体を完成した。その題材に敢て虚構《フィクション》の要素を加えた『野火』は、両者を較べていずれを成功と見做すか、当時から今に至るまで評価が分かれている。『野火』は最後に神を持ちだして締め括った構成にも見られるように、作者が力を入れすぎたせいか、人工的に醸しだすおごそかな気分が強すぎる結果を招いたのではないか。

小説論として開高健が記している二律背反は、おそらく最後まで打破できない難題であろう。文章としては形容詞から先に腐ってゆく。それは誰にも解っているけれども、形容詞を活用しないでは描写に透間ができる。ほとんどの作家は、形容詞をいったん消したりまた復活させたりしながら迷うのではあるまいか。

その次に問題をはらむのは風俗描写である。明治以来、たとえば小栗風葉《ふうよう》の如く、あまりにも巧みに時代風景を描いた作家は、見渡して総体的に早く古びてゆく。丹羽文雄の『東京の女性』など、時代の先端を捉えた作品は、そこに取りあげられた女性の新しい職業が、次第に広がって普通に広がった場合、たちまち存在理由《レゾン・デートル》を失う破目となる。一般のベストセラーが直ちに忘れられてゆくのと同じ運命をたどるようである。

その場の感想

作家というものはたえまなく同質でありながら同時に変質しつづけていこうという志向に憑かれているし、そうでなければならないものであるとも思われる。その常態を考えてこのあとがきを読むと、これは遺言状ではなくて、労働のあとのホッと一息というときに洩らされたその場の感想であり、まだまだ氏の軍隊についての作品は続くものと考えておいたほうがよい。だいたい私は自分をも含めて作家が自著につける序文や、あとがきや、それから文学論というものは、それを書いている瞬間のこころのゆらめきとしてとることは貴ぶけれど、けっして定言とか定式とかとしてとることはしないでおこうと思っている。

「長谷川四郎と田村泰次郎の場合」昭和四十五年（14―370）

開高健は早くから長谷川四郎に注目していた。当初からの印象を次の如くに要約している。

つまり氏は大陸と、地平線と、駐屯軍をテーマにすると、どれくらい無精ったらしくペンを進めた作品でもきっとどこかに一行の無垢の詩を定着できるほどに成功するのに、現代や日本をテーマにすると、まったく生彩を失ってしまう頑癖を持っているのである。

体験が自分の体内に沁みついたときのみ、表現が生きて作者の血圧をあげるのでもあろうか。それから、序跋あるいは自作回想の問題がある。こと作家についてのかぎり、己《おのれ》を語っている章句に対しては、眉に唾《つば》をつけてかからねばならない。作家は体内に必ず批評家を孕《はら》んでいる筈であるけれども、それがたまたま発声する場合には、ほとんど自家中毒の状態になっているから、不規則に曲りくねって響くのを避けられない。作家が己《おのれ》を語った文言を証拠として立論する批評家はよほどのお人好しである。作家なるもの、自分を錯覚しているからこそ作品を生みだしうるのであろう。

詩的雄弁

シュテファン・ツヴァイクの仕事は労作であり傑作であるが、しばしば詩的雄弁が〝事実〟を消化しすぎているきらいがあり、全編の全箇処が熱で火照っていて、史実としてある挿話を引用するにはいささかためらいたくなるところがある。

『最後の晩餐』昭和五十四年（15―55）

まことに然り。その傾向は大なり小なり評伝作家すべてに共通する。ただツヴァイクの筆致が著しくドラマチックに跳躍しながら進行するのが、どうしても気になるゆえではなかろうか。

ツヴァイクは『三人の巨匠』として、バルザック・ディケンズ・ドストエフスキーを取りあげたけれど、そのうちバルザックに対しては異様なほど執着して、多量の肉筆原稿を含む資料の蒐集には格別の熱意を示した。ツヴァイクの見るところバルザックは小説という枠からはみだした巨人であり、芸術的創造力の化身そのものなのである。その評価するところ次の如くであった。

さまざまな人物がうようよしている一つの世界、一つの大きな、恐ろしく内容ゆたかな想像、シェイクスピアこの方最大かつ最も内容豊富な想像の世界。

このように打ちこみながら、書き改めの原稿が次第に増量されたけれど、遺憾にもそれは遺稿として残された。それでもこの大作『バルザック』は邦訳されて六百頁にも達している。訳者水野亮の印象は次の数語に尽きていよう。

またツヴァイクは『フーシェ』その他世界的に有名な評伝の場合とおなじく、ここでもバルザックの生涯のさまざまな危機を巧みにとらえ、叙述のすべてをそれに向って集中し盛り上げていく。バルザックのあらゆる面に万遍なくふれようとするアンドレ・ビイーを平面的とすれば、ツヴァイクの書き方は立体的であり、絵画的、劇的な場面構成に独特の腕を見せている。読みやすく興味ふかい伝記文学としては断然ツヴァイクをとるべきであろう。

すなわちツヴァイクは、取りあげた傑物の人生を、劇的に構成すべく意を用いたのである。それゆえ開高健は十分に警戒せねばならなかった。

次手ながら中学生時代の司馬遼太郎は、大阪市立御蔵跡図書館に通って、手にしうるかぎりツヴァイクを耽読したと生前に回顧していた。

スパイ小説

どの分野でもナンセンスとかパロディーとかいうものはセンスがよほど成熟、爛熟して種切れになりかかるところまできてから発生するものである。そしてスパイ小説というものは政治的現実とそれを報道するジャーナリズムの成熟と平行して発達してきたものなのだから、あちら産のこれと、こちら産のこれとのお話にならない落差は、こちらの書き手の政治感覚が半煮え、ジャーナリズムが半煮え、民主主義が半煮え、外国と外国人についての知識が半煮え、感覚が半煮え、職人根性が半煮えだということになる。

『最後の晩餐』昭和五十四年（15—102）

エンターテインメント、つまり娯楽性の強い演劇や音楽会やショー、そして気楽に楽しめる小説などを意味するのだが、今この場合、小説に限って言えば、我が国でも各分野に恥ずかしからぬ達成が見られるけれど、決定的なのはスパイ小説の不在である。これはささやかな欠落であるにとどまらず、我が国民の資質それ自体の一部に、顕著な失墜《しっつい》および凹《へこ》みが認められる手掛かりとなるのではないか。

誰でも兵書では世界第一位と認めるであろう孫子十三篇の最終章は用間篇、つまりスパイの必要性と間諜を用いる場合の扱い方を訓《さと》す、その論ずるところの要旨は次の如し。

結局のところ、優勢か劣勢かの差を決する因子は、情報の質量が有効か否かである。その情報をもたらす媒介は諜者である。情報の蒐集に関心が薄かったり、情報源への報酬をケチったりすれば自滅につながる。

我が国でも孫子は兵法書として貴重の扱いを受け、講じたりもされたが、結局は文献として伝承するにとどまり、実践に役立たせることはなかった。

日本人は外交を重んじないうえ、情報蒐集にほとんど無関心である。他国の嫌うことを致しませんと語る首相がいたくらいであるから、近隣諸国への気兼ねばかりしている国では、スパイの必要など念頭にない。そこにつけこんで我が国には世界の各国からスパイが入りこんでいるけれども、気にしない気にしないと対策を講じないまま日を送っている。したがってスパイ小説が生まれないのを気にしないで諦めるしかないであろう。

第6章 食と酒

ヤキメシの理想

みんなヤキメシをバカにしているけれど、米飯をまんべんなく炒めてかるくかるくふわふわふわに仕上げるのは、じつに容易でないし、そのことをわきまえて実践しているコックとなると、全東京にかかりに一千人のコックがいたとしても、五人かそこらがわきまえているくらいだろうかと私は思う。日本の米はオネバを捨てないで炊くからネットリしてくるが、これを東南アジア風にオネバを捨てつつ炊きあげていって、それで念入りに広い鍋で炒めたら、どんなものだろうか。あくまでかるく、ふわふわに炒《いた》めあげ、お茶碗に盛ったのになにげなく箸をつきたてたら苦もなく底までいっちまうというのがヤキメシの理想なのさ。そういうヤキメシを食べなくちゃ。おなじ値段なら。諸君。

『最後の晩餐』昭和五十四年（15—283）

開高健がいくら熱心に勧めてくれても、食べたことのない私どもは、ひたすら聞いておくだけである。米の炊き方なら個々の家には、習慣となっているそれぞれの流儀があろう。食については大抵の人が保守的であり、それで満足しているようだ。

天智天武以後は中世であるとする井上章一の提言に私も賛同するが、その中世以来、世界でも格別に抜きんでた文化の花が咲いた根底には、米を主食とする生活のエネルギーがあったと考えられる。

伊藤仁斎は米をたたえて、喰らえども飽かず、と言った。日本人の智恵もまた米のせいなのであろうか。

美食とは

山の高さを知るには峯から峯へ歩いたのではわからない、裾から一歩一歩攻め登らなければならないというのと似ていて、名酒の名酒ぶりを知りたければ日頃は安酒を飲んでいなければならないし、御馳走という例外品の例外ぶりを味得したければば日頃は非御馳走にひたっておかなければ、たまさかの有難味がわからなくなる。美食とは異物との衝突から発生する愕きを愉しむことである。

『最後の晩餐』昭和五十四年（15—317）

名編集者であった打田《うちだ》良助は早くに母を失ない、若くして骨董商の小僧に入った。そのとき店主は若者を鍛えるため、当初は贋物ばかり見せたらしい。暫くして漸く真物《ほんもの》が前に置かれたとき、燻《くす》んで華やぎのない茶碗ひとつに、今まで覚えのない特殊な感動を受けて身がふるえたそうである。凡庸な模造品ばかりに接していた時の安楽な気分が吹っ飛び、思わず緊張して身繕《みづくろ》いを正したという。そこで何かを会得したのである。

はじめから伝来の真物ばかりに接していたら、それに馴染《なじ》んで悪擦れし、自分は目利《めき》きであると自惚れてしまったかもしれない。この道は奥が深くて、中途半端な物好きのひしめいている世界である。生兵法は怪我のもと、と古くから言い伝えられているのは周知であろう。

それに較べれば飲み食いの次元で上物《じょうもの》を尋ね歩いて堪能するまで、道はそれほどは険しくないと思われる。下手物《げてもの》にはまたそれなりの味があろうではないか。

歯ぐきで味わう

現代は小さい時代や。生に生でたちむかう気力を失うた時代や。すべてに間接接触するだけで、それで満足してる。ときには正真正銘の生《き》無垢というものを味わわねばいかんのに割ったり薄めたりばかりしている。いい若者が女の子のかげから「ボク、ジン・フィーズ」なんてやってる光景を見るとつくづく民族の未来が憂えられてならない。ウィスキーはやっぱり生《き》でやってほしい。瓶をドンとおき、ピッチャーに清冽な井戸水をなみなみとみたし、ゆったりとすわって大いなる黄昏を迎え入れるというぐあいであってほしいのや。舌やノドで飲むのもよろしいが、歯ぐきで味わうのが賢人のふるまいや。

「キタ・アルコホラリス」昭和四十二年（15―444）

開高健はウイスキーの水割りを飲んだことがなかったであろう。ただし、寿屋（現・サントリー）の宣伝部に在籍したごく若い時分、当時の売りものであり流行でもあったトリスを炭酸で割ったハイボールを、社の方針に従って少し飲んだのを唯一の例外とする。

これはサントリー刊行の『続ウイスキー――キタ・アルコホラリス（洋酒マメ天国第二巻）』誌上において、読者からの投書に答えた口述で、小見出しは「ウイスキーの美味しいいただき方相談室」である。彼の口癖として、歯ぐきで味わう、という飲み方を例の大声で訓戒した。釣り紀行をノンフィクションで報告した記述には、実にさまざまな諸国の酒が登場するけれど、いずれも必ず生《き》で味わっている。

けれども、日本人一般には生《き》のウイスキーは強すぎるので、水割りの方が多数派である。遙か前になるが、鮨屋の棚に通称ダルマのボトルが並んでいるのを見てショックを受けた。この場合は水割りにでもしなければ寿司《すし》に適しないであろう。二代目社長佐治敬三に質問して聞いたところ、サントリーの高級酒である山崎と響は、水割りにして最もウマイようにブレンドしてあるとのことであった。

後年の開高健は適度に冷やしたジンを特に愛用していた。これによって或る水準まで酔い、それ以上飲むこともなく、そしてあまり早く醒めないよう、水平飛行に移って継続していると、彼の言語中枢が最も生き生きとなるのであったらしい。

鮮烈と朦朧

経験がないと感知できないことが尨大にある。けれど、経験があっても感知できないこと、これまた尨大である。経験には鮮烈と朦朧がほぼ等質、等量にある。この魔性が人を迷いつづけさせるようだ。

「パンに涙の塩味」昭和四十五年（15―460）

経験がどのような効果を導きだしてくれるかについての完全な定義であろう。鮮烈と朦朧、これ以上ピッタリの表現は考えにくい。経験が大切であるとは常識的に尊重できるけれども、時間と空間の広い範囲にわたる経験のすべてを体得している人はおそらくいないであろう。しかしまた、己《おのれ》の人生を左右した経験は絶対に忘れられない筈である。経験を重視しすぎる想念を批判して、徳田秋声は次のように記した。

書を読まざること三日、面に垢《あか》を生ずとか昔しの聖《ひじり》は言ったが、読めば読むほど垢のたまることもある。
体験が人間に取って何よりの修養だと云ふことも言はれるがこれも当てにならない。
むしろ書物や体験を絶えず片端から切拂ひ〱するところに人の真実が研《みが》かれる。
経験の記憶に縛られて退嬰的になる型《タイプ》も少なからず見受けられる。

とんでもないオマケ

この時代に暮していくにはいろいろなものがもう地上から永遠に絶滅、根絶されてしまったのだとアタマから思いこんでおき、アレもいなくなった、コレもいなくなったのだと思いこんでおくのが、ひとつの心の処方である。日頃からそう思いこんでおいて、たまたまどこかでアレやコレに出会うことができたなら、それはもうとんでもないオマケであり、モウケモノなのであって、ただひたすらありがたく、

うれしく感じられる。そういう感じかたができるというそのこと自体がありがたく、うれしいオマケなのである。

『海の果実マツバガニ』　昭和四十八年（15―496）

食を描いた文章は数知れず見渡せるけれど、食の喜びを謳いあげたこの章句は、読者の意欲をかきたて、暖かい希望を与えるという意味でまた格別であろう。

定評のある料亭を歴訪して、美味を描こうとした試みは他にもあるけれども、食材そのものを取りあげて表現の工夫を凝らすのが開高健ならではの手腕である。

食は万人に共通するのであるから、美味しいとか味わいがあるとか、誰もが口にする常套語に頼らないで、食を主題に新しい表現を考案できれば作家は一人前だと言われてきたけれども、その点で合格する作家は何人いたことやら。

酒を侮辱し、いやしめるもの

それにしてもロマネ・コンティ一本に二十万円という値段をつける近頃の風潮はひどいものである。ロマネ・コンティはまさしく《ヴレ・ド・ヴレ》の逸品ではあるけれども、こういう待遇をしてはいけない。これは尊敬しているように見えながらじつは酒を侮辱し、いやしめるものである。むしろ背後に無知を感じたくなる。買うやつがいるからこんなことをするのだろうが、どちらもどちら、眼にあまる。あいた口がふさがらないので、その口で国産ぶどう酒を飲むことにする。

『近頃の日本のぶどう酒は……』　昭和四十八年（15―510）

バブル経済の時期、名酒という触れこみのワインに記録的な高値がついた成りゆきを批判した一節である。そのころ、ワインそのものの高騰にはおのずから限界があるので、酒のことなら何でもと、選択眼をもって知られる名士の名を持ちだして、その人が所蔵していたワインであると言い添えて、値をつりあげる手法が用いられた。

たとえば辻静雄が飛行機でフランスから持ち帰ったのだと言われたら、やはり心が動くではないか。

第7章 釣り紀行

『釣魚大全《ちょうぎょ》』

美食の世界にブリア・サヴァランがいて、釣界にアイザック・ウォルトンがいる。彼は十七世紀に『釣魚大全』を書いた。その時代のイギリスにも孤独と動乱と流血があった。けれどウォルトンはマスの住む川岸と野をさまよってひたすらゴカイは鈎にどう刺したらいいかとか、釣師はいかに高潔の心志を保つべきかとか、そんなことばかり考えていた。流血の時代にそむいて書かれたそのひまつぶしの文章が後代、流血の時代になればなるだけいよいよ版を重ね、歓迎され、百版、二百版を見ることとなった。人びとは時代を嗅いで、これはキナくさいナ、と思うと『釣魚大全』を買ってきてベッドにもぐりこみ、眼と鼻だけをふとんからだしてゴカイの刺しかたを読み、ほのぼのと眼を閉じた。そして或る晴れた日、本をおいて戦場へでかけ、《なぜ⁉》と問うすきもなく弾丸を発射したりされたりして土へ帰り、ゴカイを養ってやったのであった。また、一匹のミミズとなったのであった。

『私の釣魚大全』昭和四十四年（16―14）

社会の猥雑と動乱にきっぱりと背を向けて、釣りなら釣りに集中する姿勢が、すなわち時代に対しての静かだけれど強い批判となるであろう。本当の個人主義が徹底している国においてならではの話である。

真の悦楽には

もし季節はずれに春のうららかな野原で日光をぬくぬく浴びつつタナゴ釣りをしている男がいたら、そいつはほんとうのバカというものである。これは寒風にひょうひょう吹きさらされつつバカを実行するところに奇妙な悦びをおぼえる遊びなのだから、何だってかんだって小さな魚を釣ればいいというものでもないのである。

悦楽には、真の悦楽には剛健の気配がどこかになくてはいけない。ここが大事なところである。悦楽はそれに溺らせきらない何事かとの争いのなかにかろうじて汲みとれる一滴なのであるから、ホイホイぬくぬくしていては、イケないのである。

『私の釣魚大全』昭和四十四年（16—37）

釣り人の感懐を説いて核心を衝いているかと思われる。剛健の気を基底に据えなければ精神の悦楽は求められないと念を押す。

悦楽はそれに溺らせきらない何事かとの争いのなかにかろうじて汲みとれる一滴である、という表現には、思いぞ屈するのみが釣人の衝動に非ざる旨を語る。この悦楽を得る為に、一年も二年も前から周到な準備を重ねる意欲が、『私の釣魚大全』以後、『フィッシュ・オン』『オーパ！』以下の豊饒を支えていると、私のような門外漢は、たじたじとしながら、その気迫に打たれて、さもあらんと頷くのみである。

全篇にみなぎる哲学

牧草地のニンドウの垣のかげの澱みにいるマスのことを語りつつウォルトンは町の『待伏せ屋』のような話も忘れずに書いている。多数派の論拠、無数派の論拠をそれぞれ書きこみ、また、乞食の長い陽気な唄も一句のこらず書きとっている。こうしたことがあったりするものだからこの『釣魚大全』は発熱したり、酸っぱくなったりしている夜ふけの心をのびのびとほどき、くつろがせてくれるのである。そして全篇にみなぎる哲学がいい。彼は釣りを介してひたすら清貧、孤高、素朴、超脱を説いてやまないのである。ことに最終部分で頂点に達する。このあたりを読んでいると、いったい著者が十八世紀のイギリス人なのか中国古代の思想家なのか、わからなくなってくる。たとえば老子がこの本の著者なのだよといわれても、ちっともふしぎではないという気がしてくる。その清澄が徹底しているので、この人はひょっとしたらひとことも書いてはいないけれどよほど同時代に絶望していたのではあるまいか。この本は反語なのではあるまいか。ふと、そう思うことさえある。

『私の釣魚大全』昭和四十四年（16―192）

人間世界が必ず生みだす錯雑の渦から、身をもって去るにはよほどの思い込みが要《い》るであろう。論を立てる語句を用いず、我が心の清澄を証だしたと念ずる意想は、古代中国において歴々と記録された。『史記』が遊俠の士に好意を寄せている所以である。

孔子を中心として儒学の徒がかたくなに倫理を説くのに対抗して、道教の祖に祭りあげられている老子は、至高の道は無形であり、道は隠れていてその名前さえ無い、などの数語によって韜《とう》晦《かい》の気分を伝えようとした。我等は無為の有益なるを知り、無為の利益に到達する、という思念によって世を見渡しているのである。

森の神様

たしかトルストイの短篇だったと思う。魚釣りに川へいったところ、一人の老人があらわれ、何を釣ってもよこから、昔はもっと大きいのがいた、昔はもっと川が魚でいっぱいだったという不満をさんざん並べてから森へ消えたという話。どうやら森の神様であったらしいと見当がつくように書かれていたと思う。これを現代日本にあてはめると、どうなるか。わが国ではもうそろそろ〝昔はもっと大きかった〟といおうにも、どだいその魚そのものがいないので手のひろげようもないという事態にたちいたっている。森の神様は釣師のよこにしゃがんで一日じゅう眺め、釣師は一匹も釣れず、神様は叱言《こごと》をいうすべもなく、黄昏、二人はだまって腰をあげ、何もいわずにべつべつの道へ去ることであろう。

『私の釣魚大全』　昭和四十四年（16―193）

釣れますか、などと文王そばへ寄り、という川柳は周知であろう。そのとき悠然と釣りに興じているかの如くに見られた大公望の釣竿の先端は、曲っていなかったという話が作られている。魚は獲れなかったけれど、そのかわりに文王を釣ったという筋書きはあまりにも出来すぎていよう。

しかし、釣師が森の神の御機嫌を気にするのはよく解る。人力のみによって何事かを左右することのできない局面をむかえた釣師の心情は、おのずから敬虔にならざるを得ないのであるらしい。

「おだやかになることを学べ」

ウォルトン卿は晩年、ロンドンの某ストリートに釣道具屋をひらいたらしく、いつかそこへいってみたら壁に銅板があり、「おだやかになることを学べ」と銘がきざんであったと思う。卿の名著の哲学は、いわばその一句に濃縮されている。ところでまた、「魚釣りとは竿のさきに糸がついていてそのはしに魚がおり、もう一方の竿の端にバカがいる状態である」という意味の諺もある。川に刺さった棒と化しきった私の姿を遠くから見たら世にも稀れな静謐の結晶とも、バカのかぎりとも映るであろう。しかし、本人の皮膚を剝いでみると、なかなかそれどころではないのである。焦燥と倦怠がかわるがわる明滅して、煮えたみたいになっているのである。主としてそれは釣れないことからくるのだが、ほかに釣りとは関係のない妄念、妄想の類がわらわらとこみあげ、からまりあって出没し、メデューサの蛇のようになっている。釣りをしているあいだに私のこころに浮沈した言葉や情念をもし画にしたら、思わず眼をそむけたくなるだろう。醜怪、下劣、珍妙、陰惨、とても静謐の研究などといったものではない。

『フィッシュ・オン』 昭和四十六年（16―228）

釣師の心情を、真摯に分析して、内実をぶっちゃけて語る。昔から釣師は短気であると言い伝えられてきた。開高健がせっかちな性格であることは、彼と交渉した誰もが感じとっていたであろう。まことにさもあらんと諒解した気分を誘う一節である。

挑戦し、征服するが、殺しもせず、支配しない

アラスカのナクネク川でニジマスの大物を逃がしてやったとき、パーキーは感動して、小声で私のことを、ほんとうの紳士だといった。慈悲心からそうしたのではないから、私にはそれはいささかくすぐったい批評であった。その帰り、パーキーはボートの舵を繰りながら、どうしてあなたは魚を逃がしてやるのかとたずねたから、

「私は挑戦し、征服するが、殺さない。支配しない。そういうことには興味がないのです」

と答えた。

どうにも大げさでキザで、こう書いていてもペンが赤くなりそうだが、そう答えちまったのである。外国語で暮すとこういう文句がひょいひょいと平気で口からこ

ぼれるようである。日本にいるときにはけっしてこういうもののいいかたを私はしないはずなのだが、外国だとついやっちまって、いっこう赤い顔もしないのだから、外国語で暮しているときにはやっぱり〝生活〟がないのだといえそうである。しかし、語学に弱いからそういうもののいいかたをしてしまうのであるとしても、それではまったくこれがフィクションかというと、そうでもないので、困る。

　この大将軍風の、マッカーサーあたりがいいだしそうな大見栄には、魚を逃がしてやるときの私の気持の何かがハッキリとでているように思える。日本語でもっと巧緻に表現するよりは、この拙劣のほうが、かえって真実をつたえているようにも思えるのである。たじろぎながらもリアリティーは認められる。やっぱり一種の〝生活〟はそこにあるのである。だからこそ困る。それに誘惑されて日本語が下手になる。といって外国語になりきってもいない。いわば亡命者の言語生活に近いのだ。外国語に弱い小説家があまり外国旅行をすると作品がまずくなってくる理由はこのあたりからくる。さしあたり私はだまって魚を釣り、だまって逃がしてやっているのがいいようだ。挑戦し、征服するが、殺しもせず、支配しないのなら、喋ることもあるまいから……

『フィッシュ・オン』昭和四十六年（16―285）

開高健の心情は人並み以上に複雑で、時に上昇し折にふれ揺《ゆらめ》きが大幅であり、たまには面くらう場合が無きにしも非ずであった。

しかし、彼の精神のなかに片鱗も見られなかったのが支配欲である。これほどきっぱり政治的な匂いのする支配欲を根絶している人物を、とうとう誰か他人に見出すことはできなかった。

酒を嚙む

日が暮れてから宿にもどると、おかみさんが昨日のマスを料理してだしてくれた。一日冷蔵されたうえにソースをかけて蒸されたのにマスの体にはまだ紺の環でかこまれた紅点がそのままにのこっている。皮が皿のソースに落ちると、小粒のルビーが淡黄色の汁のなかで輝くのを見るようである。このマスは完全な野生であるが、五月のトビケラや六月のカなどを食べ、牧場の分泌するものだけで育ったので、よくひきしまった肉には香りと脂と、とろりとした舌ざわりがある。そのこだまが舌にのこっているところを、白ぶどう酒の最後の瓶をグラスにかたむけ、よく冷えた淡白を歯ぐきから舌へまわすようにして味わいつつ流すのである。この味わいかたのことを、〝酒を嚙む〟という。酒は嚙んで味わわなければいけないのである。ふつう酒は鼻や、舌や、のどで味わうが、意外に人に知られていないのは歯ぐきのところで、ここに酒を沁ませると、他の部分のときにはあらわれない性格が顔をだすのである。どんな酒でも嚙むときには滴をきっと歯ぐきへまわすようにするといい。それがほどけてじんわりと沁みてくるのを待つようにするのである。

『フィッシュ・オン』　昭和四十六年（16―３００）

食を描いて、美味しい、とか、絶品、などありふれた語彙に頼るようでは、すくなくとも彼は作家ではない、という強い斥力に従っていた開高健の、食卓に供せられた食材についての描写である。読んでいると喉が渇いてくる思いをするのは私だけであろうか。

『わが秘密の生涯』

人間の不幸は部屋のなかにじっとしていられないことである、とパスカルがいったと思う。私はバンガローの涼しいテラスにだしたデッキチェアによこたわり、ギブスをはめた右足を椅子にのせ、一日中、本を読んだり、望遠鏡で水道の沖を眺めたり、うたた寝したりしている。本は伊藤整氏にかねがね一読をすすめられていた『わが秘密の生涯』という十九世紀、ヴィクトリア朝の匿名の紳士のキタ・セクスアリスである。アテネのホテルの書籍売場で発見してから、毎日、暇さえあれば読みつづけてきた。書かれてある事実そのものはハレンチなどというものではないが、文章がいい。簡潔、素朴、筋肉質であってしかも繊妙であり、何より率直をつらぬこうとする態度がいい。随所に四ツ文字の卑語、猥語が出没するし、行動はおよそ徹底しているが、観察力の冷眼がこの一冊を猥本からおよそ高いものにひきあげていて、汚穢がどこにもない。ファーブルがヘミングウェーの文体で昆虫のかわりに女を書いたらこうもなるであろうかと思われる。この作品の鮮烈、繊鋭、率直にくらべると、現代文学にあふれるエロティシズムは大半、顔色を失いそうである。わが文壇の業界用語には〝エロ本書きのセックス知らず〟とか、〝失神五人囃子〟などの名句があるが、純文学、不純文学を問わずそれらに飽かれた人は辞書片手にこの一作を読まれるといいと思う。

けれど、アテネ以来、もう半ば以上読んできた、この官能と富にめぐまれたイギリス紳士の記録が、そのとめどなさのゆえにどうやらユーモア文学かスポーツ文学でさえあると私にはわかりかけてきた。パスカルの指摘した不幸が体内にこみあげてきている。

『フィッシュ・オン』昭和四十六年（16―361）

『我が秘密の生涯』について、山下諭一の解説にもとづき略記する。その原本は著者名も刊記もない世を憚《はばか》る私家版として、一八九〇年を中心とする前後数年間にわたって刊行された。全十一巻、総ページ数は約四二〇〇、手すきの紙に刷られているという。本の寸法は、左右が約五インチ（一二センチ）、天地が約七インチ二分の一（一九センチ）、我が国の紙でいうB六判とA五判とのちょうど中間くらい、イギリスの小説本にはよくあるサイズであるそうな。

各巻のタイトル・ページには、"Amsterdam. Not for Publication" と記されており、つまりアムステルダムの出版業者により、私家版として六セットだけ製作されたと見られる。現存する原本は三セットだけ、そのうち一セットが大英博物館に、もう一セットがキンゼイ研究所に、そしてまた一セットがヨーロッパの或る個人に所蔵されていると伝えられる。

アムステルダムの出版業者の名はわかっていない。原本には、字の綴《つづり》や、構文や、句読点などに誤りが多く、そうなったのはおそらく、植字工の母国語がフランス語だったせいだろうと推察されている。著者による校正がなされた形跡はないという。

匿名の著者はヘンリー・スペンサー・アシュビー（一八三四〜一九〇〇）であろうと推定されていて他に異説はない。この人物はイギリスの実業家で、稀覯本のコレクターであり、大変な旅行家であった。イギリスを中心にヨーロッパを広く旅して、非常に多数の異なった女性を求めてひたすら性交に励んだことは明瞭である。性の探究が生涯を貫く主題であった。その桁はずれに多彩な性的体験を詳細に記したこの自伝は、もちろん世俗的な名声を得たいなどとは思いもせぬ無私に徹した貢献である。世界中にポルノグラフィは数多いけれど、これらとは全く異質な事実の冷静な記録であって、その真摯な記述は、世のポルノグラフィとは比較にならない。

性をめぐる探究と同時に、著者は時代風景にも留意して観察を続け、特にロンドンの貧民階層の描写は実に迫真的である。それゆえ、政府の公刊物を分析して書かれたエンゲルスの『イギリスにおける労働者の状態』に優るとも劣らぬ証言となっている。

開高健が読んだのは、おそらくグローヴ・プレス版の、ポケットサイズのペーパーブック一冊本であろうと思われる。これは或る程度短縮した抄録版である。グローブ・プレスは、この小型本を出す前に、箱入りの二冊本と、大型のペーパーブック一冊を出版しており、これらは無削除の完本ということになっているが果してどうだろうか。ブランドン・ハウスからも分厚い三冊本が、これも無削除を謳って刊行されている。

我が国では田村隆一訳の十二冊本が三崎書房から出版された。聞くところによると、世に知られていない篤学の東洋史研究者が下訳をし、それに田村隆一が手を加えて成ったらしい。これ以後、抄訳本も出ているけれど今は省略する。

第8章

南北アメリカ大陸縦断記

異様に富める国

この料金なり国民の税金なりは、少くともこのキャンプ場で見るかぎり、徹底して完全に有能に使われて形を変えて国民に払いもどされていると断言してよさそうであった。《アメリカ》なるもの、その実力の一端をまざまざと見せつけられたような気がした。物事の本質はえてして中心よりも末端に露呈されるものである。これは異様に富める国である。たしかに……

『もっと遠く！〈南北両アメリカ大陸縦断記・北米篇〉』昭和五十六年（18―79）

コロンビア河をさかのぼって、川岸にかねて設《しつら》えられたキャンプ場に入る。その行き届いた家具その他に言うことなし。深夜も早朝もおかまいなしに温湯はいくらでも出てきた。かなり大きな市のホテルやモーテルやレストランのトイレよりもこの荒野のさなかのキャンプ場のトイレのほうがよほど完璧にできているのである。

罵辞というもの

　アラスカからここまでの道中で耳に吹きこまれたりトイレで読んだりしたアメリカ英語を少しまとめて並べてみる。卑猥な罵辞が多いのは私の人格や趣味のせいではない。日本語の罵辞のヴォキャブラリーは世界でも稀れに少いのを特徴とするが、これはヤマト民族の感情生活の振幅が小さいことを物語るものであるか、愛も憎しみも薄くて浅いのを物語るものであるか。このあたりの研究は誰かにやってもらうとして、ただ、罵辞というものはその場その場でしばしば最高の好感の表現に転ずるものであるのだから、これをお下劣として排斥する人物の感情生活にはコクがない、ボディがないということになる。

『もっと遠く！〈南北両アメリカ大陸縦断記・北米篇〉』昭和五十六年（18―104）

ここに書きとどめられている罵辞は、主として、カッコイイとか、イカス、とか、サイコウなどという表現、それがこの国では、おおむねこの三十年間に次のように変ってきている。

40年代　swell
50年代　groovy
60年代　beautiful far out
70年代　too much, right on
他に　Macho, Hard Core　なども。

我が国では語彙が次第に貧しくなって、卑小に対する罵言に面白味がなくなっている。

人の言葉を聞くときは

ホーマー・サークル氏が、電話の切れぎわに、小さな声で、今は季節がよくないということを呟いた。その小さな呟きが、今、戸外いっぱいの松林をみたす闇に膨張して、みちみちているのだ。刺身のツマくらいにしか聞かなかったその一言が、命とりの一撃だったのだ。あの一言こそは刺身のツマではなくて、辛辣眼をつらぬくワサビだったのだ。しばしば事態の本質は中心よりも末端に示現するのである。人の言葉を聞くときは、さりげなく、何気ない、別れぎわの一言半句にこそ耳をたてなければならないのである。インタヴューの天才で、〝内幕物〟の天才であったジョン・ガンザーもおなじことをいってたと、今、ヘトヘトになって思いだすのである。諸君、よくよく耳をほじって人と別れられよ。ユメ、油断召さるな。

『もっと遠く！〈南北両アメリカ大陸縦断記・北米篇〉』昭和五十六年（18―233）

場所はアメリカのフロリダ。到着したセミノール湖は広大な人工湖である。開高健の目標は、ただ一つ。ブラック・バスのみ。フロリダ州のバスは他州のにくらべてケタはずれに大きくなるので名声がひびいている。いったい何ポンドぐらいからバスは〝大物〟といえるのか。よく釣れるのは三ポンド（一・三六キロ）から四ポンド（一・八キロ）あたり。だから、八ポンド（三・六

キロ）から一〇ポンド（四・五キロ）になると、やにわに竿を投げだして、その場に膝をついて、神様に感謝を捧げなければなるまいと思われる。

特に今回は、ボートにローランス製の魚探もついていて、用意は万端ととのっている。その精妙な機械によると、このセミノール湖は魚でいっぱいだという。しかるに、考え得る限りの手練手管を使い、工夫を重ね、ありとあらゆる手法とルアーで攻めたてたにもかかわらず、入手できたのは日焼けと疲労だけである。そこで此処を紹介されたホーマー・サークル氏に電話した時に聞かされた最後の小さな呟きが、開高健の脳中をかけめぐって膨張した。その結果の感慨を読者に伝えようとした一節である。

電話にせよ対面にせよ、特定の話題をめぐっての発言には、儀礼的な修辞が幅をきかせて拡散するかもしれない。相手が紳士であればあるほど、最初から本音を聞かされるなんて稀《まれ》であろう。会話を終えて別れを告げた時に、ふと思いだしたかの如く、さりげなく洩らされる一言に、実は本質的な重みがあると緊張しているべきであろう。

小林秀雄が本居宣長について書こうと思いたち、教えを乞うべく折口信夫を訪れた。折口は特に生粋の大阪人である。どういう会話が交わされたのかはわからない。今や宣長にとりつかれている小林の心情を推し測り、折口は宣長に対する評価を露骨に語るのを避けたのであろう。時間を経て小林が辞して帰りかけた時、何気なく呟くように折口が、宣長は源氏ですよ、と言った旨、小林が『本居宣長』の冒頭に記しとどめている。

対座している間、おそらく小林は『古事記伝』の価値について、いくぶん熱っぽく語ったのではあるまいか。そういう局面になると、折口は決して正面から『古事記伝』を批判しない。けれども別れる折が来るのを待って、宣長の学問において採るべきは『古事記伝』に非ず、宣長の研究では源氏物語の読解こそ傑出しているのですよ、と示唆したのである。最も確信のある自分の重要な見解を、強調とは逆のさりげない呟きで伝えたのであるが、残念ながら折口の含意が小林には伝わらなかった。

刑事コロンボは、事情聴取を終えて帰るべく背を向けた瞬間に振り返り、最後にちょっとひとつだけ質問、と訊ねて重大な証拠を引きだす。その手法をそっくり真似たのが水谷豊の『相棒』である。必ずしも別れ際とは限らぬにしても、相手が洩らしたさりげない一語に、真実が秘められているかもしれませんぞ、と親切な開高健が書きこんでいるのである。

このあと開高健一行はチリー領に入る。当初から開高健には、チリーのみが経験した社会主義政権の始めと終りについて、その現実を当の国において探究したいという念願があった。その件をめぐって開高健は次の項に記す如く思案する。

あっぱれな美談

「十人の女に二十九人の子供⁉」

思わず私が声をあげ、バナナをとり落しそうになって指を焼いて狼狽すると、シンスケ氏（メキシコの日系二世で案内人）は淡々とした口調で、このあたりじゃすることが何もないので友達の女房を盗んだり盗まれたりして退屈しのぎしてるんです、センセイもここに住んだらそうなりますワ、といった。

ベネスエラ（スペイン語の発音）の国民の総人口のうち三〇パーセントか四〇パーセントくらいはこういう情事の結果としての私生児だといわれている。しかし、私生児といっても、家庭にあるかぎりは正嫡の子と何のけじめも差別もつけずに仲よく暮しあっている。父が浮気をしてつくった子は〝おとうさんの子〟、母が浮気してつくった子は〝おかあさんの子〟と呼び、父と母が睦みあってつくった正嫡の子と、何のわけへだてもなしに仲よく暮しあっているると、いうのだった。これはいかにも南方的な寛容の美徳にラテン気質が上乗せされた挿話であって、もしほんとうにシンスケ氏のいうとおりであるならば、私としては、あっぱれな美談だというしかないのである。北方の、厳酷な、偽善でこわばった、貧寒な精神風土にくらべると、どうころんでも、あっぱれとしか、いいようがないではないか。混沌と奔放の背後にある寛恕と微笑にこそ注目すべきである。

『もっと広く！』昭和五十六年（18―309）

場所は勿論メキシコ。メキシコの御当人に、あなたは北米人と感ずるかとたずねると、断固とした口調で、北米人だと答えるのが通常であるらしいけれども、開高健は、スペイン人のコンキスタドール（征服者）上陸以後から現在までの史的体験、宗教、風俗、習慣、言語、その他さまざまな点では、リオ・グランデ以北の北米圏とは完全に異なっていると観察し、南米諸国の圏に入れ、旅行記の南米篇に加えている。

ボッカッチョの『デカメロン』第八日第八では、二人の男が親しく互いに往来しているうち、一人が友人の細君と一緒に寝るや、妻を盗まれたと知った相手の男が、妻に命じて隣の男を招いて箱のなかに閉じこめ、次にその妻を呼び寄せ、箱の上で彼女と寝たので、以後は夫婦同士が随時に取り替えっこするに至る筋書が軽快に語られている。その融通無碍《むげ》な関係の範囲を少し広げたら、ベネスエラの風景が出現する運びとなるのも自然の成り行きであろう。

男女の交わりは人間性の普遍であって、肉体的には特定の夫婦関係が固定されるべき根拠はない。もともと性交は誰とでも合意すれば至って自然に可能である。それゆえ無理に一組の男女を縛りつける結婚という制度が考えだされた。けれども人間は若干の年月を経たら倦怠を覚える。男も女も、飽きるという心情を抑えるのを、苦痛と感じる段階を否定できないであろう。そこから案出された最も平穏な解決法が夫婦交換《スワッピング》である。ベネスエラでは、それをおおっぴらに行っていると見做すことができるであろう。

〝途上国〟

途上国のドライヴァーについてはすでに説明しておいたと思うが、この種の国のドライヴァーたちは、乗用車、バス、トラックの車種を問わず、どういうものか、むやみにブッとばす癖がある。さほど精妙な技術の持主でないにもかかわらず（だからこそだろうか……）、ブッとばす。ブイブイ、ブッとばすのである。そこで、当然の結果として、路上にて散華なさる。御自分ひとりでなく、ときには乗客二十人、三十人をひっくるめて、散華なさるのである。オトコとして誇りたいことがほかに何もないからとか、貧しい大家族をかかえたムシャクシャとか、カアチャンがガミガミであるとか、そこにはいろいろ明白に語れない複合要因があるのだろうと察したいが、いずれにしても彼らはブイブイ、ブッとばして、そのあげく、散華する。路上か、崖下かで、死ぬ。その意味においても、まことに適切な訳語であるが、〝発達しつつある国〟を〝途上国〟と訳したのはみごとな言語感覚なのである。

『もっと広く！』昭和五十六年（18―320）

この真剣な問いかけについては、本来、コメントは無用である。国民の一人としての平静な自覚を持つに至らない社会的不満の捌《は》け口を求めて、意識的に暴走するのであろうと察せられる。昨今は途上国ばかりにとどまらない。先進国である筈の我が国にもブッとばしが往々にして見られる。あきらかに一部の人心が荒れているのに違いない。国内を平穏に保つ為には、いずれかの方面に不平不満がたまっている現状を見据て、対策を講じなければならない。

人間の自尊心は、真当な姿かたちをとっているかぎり、個人の成長を強力に促す。しかし、それが鬱屈に転じた場合は社会的不安をかきみだすであろう。自尊心が著しく肥大して、しかもそれを自分自身で抑制しながら育成してゆく配慮が不十分で歪んだ場合は、社会不安に繋がるであろう。これは遠い他国の風景にとどまらない。慎重に対処せねばならぬ重要な課題なのである。

〝社会主義生活を経験した〟といいきっていいかどうか

この国では一九七〇年十一月三日に医学博士でありつつマルキシストでもあるアジェンデ氏を大統領とする社会主義政権が発足し、一九七三年九月十一日に海軍、空軍、陸軍、三軍合同のクーデター、および、国警内部における親アジェンデ派と反アジェンデ派のクーデター、二つの要因によってその政権は崩壊した。アジェンデ氏は銃で自殺した。（自殺と見せかけた他殺ではないかという説もあるが……）。

この政権の興亡については、私のかぞえるところでは、少くとも三つの、これまでのところ世界で唯一と呼んでよろしい特徴がある。

❶マルキシストが対立候補との票数差は極微差であったとはいうものの、とにかく国民投票によって大統領に選出された。

❷その政権が自国の軍事勢力によってクーデターを起されて崩壊した。

❸たとえ三年間とはいえマルキシストによってリードされた政権下で国民が社会主義生活を経験したあと、それから離脱した。

このあとに私の知るところでは最低のところ二つの条件を追加してもよいかと思われる。その❹は、この政権がカトリック教会と自由主義体制（疑問だらけのそれではあるが）によって占められた南米大陸において出現した、ということ。その❺はマルキシスト政権であるにもかかわらず既存のあらゆる社会主義国とちがって軍隊と警察を自分の手足としなかったということ。この二つであろうかと思われる。とりわけこの❺で、軍隊と警察が政府直属の組織体ではなかったこと、このことのために国民が社会主義政権下から離脱できたのだが、他のいっさいの社会主義国では少くとも今日までのところこういうことは厳禁され、封じこめられていることであるので、そういう点からするとチリー国民がアジェンデ政権下の三年間に〝社会主義生活を経験した〟といいきっていいかどうかについては疑いがあるといってよいだろう。

『もっと広く！〈南北両アメリカ大陸縦断記・南米篇〉』昭和五十六年（18―437）

この一件は世界史上に特筆すべき異常の出来事である。社会主義とも言い共産主義とも呼ぶ政治体制（呼称にずれがあっても内実は変らない）の歴史を突き刺した深傷《ふかで》であるにもかかわらず、真剣な考察がなされていないかの如く見られるので、開高健は野暮を承知で現地に乗りこんでの聞きとりに、なみなみならぬ執念で進み出たのである。その問題提起は更に次の如く深まる。

しかし、他の社会主義国との類比をべつとすれば、チリー国民はチリー国民なりにそれを味わったという事実は否定のしようがない。それは社会主義の理想から見ればたった三年間の過渡期的現象にすぎないのであってとても社会主義生活とはいえないのだという議論もあるかと思うが、絶糧状態にあと一歩だという極限状態におちこんで練り歯磨きを町角でひとひねりずつチューブからおしだして売っていたし、それを買うよりほかないという状況をくぐりぬけてきた人びとにむかって私はそういうことをいう蛮勇《ばんゆう》を持ちあわせていない。私が知りたかったのは理想と現実は食いちがうものなんだという議論ではなくて、ある経験をくぐりぬけてきたあとの後味についての、路上の、ただの人びとの唇《くちびる》に出るままの声である。そしてそれが、まったくといってよいほど報道されないからでもある。三年は短い時間であるが、一人のふつうの男が栄養失調に落ちこんでそれが要因となって死ぬには永すぎるくらいの時間であるだろう。

そこで開高健は一つの方針をきめた。チリー領内にある間は、毎日、誰に会っても、相手が何をしている人であろうがいっさいお構いなしに、ただひとこと、社会主義ヲドウ思イマスカ？と尋ね、返答が得られたら書きとめるのである。

はかばかしい証言がなかなか得られないのに倦《う》んだり挫《くじ》けたりすることなく、多くのさまざまな呟きや説明や嘆きを聞きとってゆくうちに、実体に近いかと思われるイメージが次第にふくらんできた。開高健の詳しい記述を要約すればほぼ次の如くである。

アジェンデの人格や善意を否定する声はほとんどない。個人としては尊敬できる人物だったという声もある。しかし政治と経済の面ではほとんど国民を混乱させ、貧困の度合が急激に深まっていった。スローガンだけなら社会主義は貧乏人のためのもの。それゆえアジェンデ時代の初期には貧乏人は助けられた。しかし、そのあと、以前よりひどい状態に落ちこんだ。その貧しさは今も続いており、改善の見込みはない。階級差別があることでは当時も現在も変りない。

事態を最も的確に見抜いていたのは、やはりさすがは三井物産である。蒐集された情報は以下の如し。アジェンデ博士はその身辺に群がる左翼学者、知識人、若者集団の暴走をコントロールできなくなって国を滅茶苦茶にしてしまった。農民は土地を解放、分配された直後に集団農場に組みこまれ、地主の農奴だったのが国家の農奴に変ったにすぎなくなったのでたちまち労働意欲を喪失した。労働者は少し働いて多く得ようと夢中になり、ストライキばかりやり（学生も半年、労働者も半年、ストライキが続いた）、ためにそれまでの蓄積はたちまち霧散してしまった。特権階級とどん底人という構造は変ることがなく、普通人が肉屋の店に長蛇の行列をつくって一日立ちンぼをしても肉が手に入らないのに、社会党や共産党の幹部の家にはこっそりと裏口からはこびこまれていた。

ネポティズム（縁故関係）が横行して、鉱山といわず工場といわず、すべて党とその幹部の身よりの者が重要ポストについたものの、彼等は演説ばかりにふけり、仕事が理解もできなければ運営もできなかった。あらゆる物資が欠乏のどん底に達し、食糧となると、ノドから手が二本か三本とびだすまでになった。

チリーは国というよりは過激派の演説会場となり、口ばかり達者で手のないアマチュア集団と化し、スローガンとはうらはらに偽善と汚職がはびこるままにはびこり、貧乏人は一時よかったけれど、やがてさらに極貧状態に落ちこんだ。以上がアジェンデ政権の実相だったのである。

国を滅茶滅茶にしたという点では異質であるが、他のほとんどは旧ソ連および現中国と共通するようだ。ソ連にはノーメンクラツーラと呼ばれる特権階級が贅沢な生活を楽しんでいたし、現中国では幹部の子弟が太子党と呼ばれて、格別に早く要職に引き立てられて利権をむさぼっている。社会主義共産主義の政治がたちまち特権階級をつくり、利権に執着するようになる点では万国に共通するのであるらしい。

開高健の観察および調査は、チリー一国の一時期に限られない洞察として考えさせられるところ大きく広いであろう。

第9章 白いページ

怪物を育てる

赤十字員が非戦闘員にかぎって救って歩いているにもかかわらずそれは戦闘員行動と化してしまい、中立ではなくなり、真空ではなくなるのである。たたかいあう双方の無告の民を指導者の政治的意図の何であるかを問わず救うことによって、結果としては、双方の戦闘力と殺傷力をいよいよ高め、蓄積することとなってしまうのではあるまいかと思われるのである。だから、その注射筒は銃身であり、粉末剤は火薬であり、輸血瓶は手榴弾となってしまうのである。

透明なヒューマニズムをめざせばめざすだけその行動の結果は彼の悲願と忍苦にもかかわらずいよいよ怪物を育てることとなってしまわないでもないのである。そこで問題の一つは、赤十字員が救ってやった少年が気力、体力を回復して最前戦に赴いたとき、彼は殺傷し、かつ、自身も殺傷されるが、そのことによって彼が何を感得したかということであろう。ある場合、彼は自身を一片も悲惨と思わずに散ってしまうだろうし、〝敵〟を破砕することに一片の悲惨もおぼえないことがあるだろうと思われる。むしろ充実しきって〝昇華〟として散っていくこともしばしばであろう。

『白いページ』昭和五十年（19―81）

開高健の見聞するところ、赤十字はアフリカが分裂して弱体化していることをいつまでも望む旧ヨーロッパ帝国主義どもの手先と堕しているのだと、ナイジェリアのラゴス大統領は主張した。そして、いっぽう、ビアフラでは、赤十字はそのヒューマニズムの名のもとにナイジェリアもビアフラも両方を同時に援助しているが、その結果、われわれを皆殺ししようとするヴァンダルども（野蛮人ども）の手先をつとめているのだと主張していた。

第一次世界大戦の時代においては、敵と味方が入りまじることなく、また、戦闘員と一般人とが明瞭に隔離されていたから、一目で見てとれるように、両者がなんらかの空間を隔てて対峙する様相を示していた。それゆえ、赤十字の活動は明確に中立的であることができたのである。しかし、第二次大戦に至ると、戦争は国家総力戦となったから、戦闘員だけを区別して認識することができなくなった。無告の民、すなわち兵役に従事しない一般人をも戦力として巻きこむように変化してゆく。そのため全国民が直接にせよ間接にせよ戦闘力となってしまった。戦争の形態がそのように根本的な変化を遂げたとき、中立を守るという主観的な在り方ですら、両陣営から厳しく見れば、双方のどちらかに有利な行動を採っている、と見做されても仕方がない。

謂《い》わゆる冷戦時代になると、ますます対立の深まった熱い戦いでは、非戦闘地域すらないか、あったとしても形式的な建前にとどまり、戦火は国それ自体に拡大された。アフリカにおける内戦では非戦闘員を見分けるのが不可能である。開高健はひとり現地を尋ね、その間の事情を痛切に見届けたのである。

イヌ好きとネコ好き

海師と山師が対立するようにイヌ好きとネコ好きも議論もしくは沈黙を選ぶように思われる。イヌ好きにいわせるとイヌの超個体的献身と忠実がどうにもならずかわいいのだが、ネコ好きにいわせるとネコの徹底的個体ぶりが何ともニクイというのでイヌが奴隷根性に見えてしかたがないわけである。ときどき両派とも度外れのがいてツバをとばして議論しあっているのを見ることがある。オトナげないといって片づけるのは簡単だが、惚れたとなるとトメドがなくなるのがこの道だからオトナげないと一言で抹殺するとかなり深く広い人間心理が指のあいだから洩れおちてしまうことになる。それに、海だろうと山だろうと、イヌだろうとネコだろうと、こういうことに凝る人はどこかに傷や病いを持っていることが多いので、そうでない人よりは想像力や洞察力を養っていることがあると思いたいがどんなものだろうか。

『白いページ』　昭和五十年（19―91）

江戸時代には酒と餅とのいずれを選ぶかをテーマとする戯作《げさく》があったと思うが、イヌかネコかの論争もまた特に灼熱する場合があろう。

『ソロモンの指環』におけるコンラート・ローレンツははっきりとイヌ派である。

もしきみが孤独な人間で、住《すま》いの中に誰かがいて帰りを待っていてほしく、そのものと心のかよう接触をしたいと望むのなら、イヌを買いたまえ。

このあと犬を飼うについての心得が説いてあるけれど省略に従う。私がひそかに思うところ、犬好きには心の底に多少の甘えがあるのではなかろうか。『甘えの構造』を論じた土居建郎に聞いてみなければなるまい。

ネコについては芥川龍之介の『澄江堂雑記』に「猫」と題する掌篇が含まれている。猫の弁護論である。

これは「言海」の猫の説明である。

「ねこ、(中略)人家ニ蓄フ小サキ獣。人ノ知ル所ナリ。温柔ニシテ馴レ易ク、又能ク鼠ヲ捕フレバ蓄フ。然レドモ窃盗ノ性アリ。形虎ニ似テ二尺ニ足ラズ(下略)」

成程猫は膳の上の刺身を盗んだりするのに違ひはない。が、これをしも「窃盗ノ性アリ」と云ふならば、犬は風俗壊乱の性あり、燕は家宅侵入の性あり、蛇は脅迫の性あり、蝶は浮浪の性あり、鮫は殺人の性ありと云ってても差支へない道理であらう。按ずるに「言海」の著者大槻文彦先生は少くとも鳥獣魚貝に対する誹謗の性を具へた老学者である。

少なくともネコ好きは下僚に平伏させるのを好む性質《たち》ではなかろうと想像される。登山ではないが、それとは別個の、山にわけいる鉄砲打ち愛好者を描いて、井上靖が「猟銃」という詩を書いている。その後半は次の如くである。

生きものの命断つ白い鋼鉄の器具で、あのように冷たく武装しなければならなかったものは何であったか。私はいまでも都会の雑踏の中にある時、ふと、あの猟人《ひと》のように歩きたいと思うことがある。ゆっくりと、静かに、冷たく——。そして、人生の白い河床をのぞき見た中年の孤独なる精神と肉体の双方に、同時にしみ入るような重量感を捺印《スタンプ》するものは、やはりあの磨き光れる一個の猟銃をおいてはないと思うのだ。

開高健が、どこかに傷や病いを持っている人を連想したのも宜《むべ》なるかな、である。

嘘の形でなければいえない真実

芥川龍之介は《嘘の形でなければいえない真実というものもある》という意味のひそやかなつぶやきを漏らしているが、事実に要求されたフィクションというものは、何かしら、その事実の体臭とか、歌とかいったほうがふさわしいような性質のものではあるまいかと思う。そういう事実に遭遇したとき、強い酸や香水の入った瓶の栓をぬいた瞬間に鼻へとくる第一撃、強烈だがそれゆえ褪《あ》せやすくもある第一撃、あの感触にそっくりのものが私をうつ。

フィクション用の事実とノン・フィクション用の事実のけじめをつけて求めようという意識で歩んでいくと両方とも夜のイタチのように逃走してしまうが、自身をひらいて歩いていくと、匂いが流れこんでくる。しかし、私は、これまたずいぶん失敗し、また、ときにはそうせずにはいられないこともあって、フィクションにしたほうがよいと思われる事実をノン・フィクションで書いてしまうことが多かった。そのためノン・フィクションと、ずっとあとになって書いたフィクションと、両方とも衰弱し、損傷させてしまう結果となることが多かった。

『白いページ』昭和五十年（19―121）

芥川龍之介の箴言は、文芸の存在理由《レゾン・デートル》を一言に要約して見事としか言いようがない。ただし、その前提として、人間の社会が基本的には嘘で成り立っているという事実がある。その奥に秘められた真実を衝くため、小説という手段に訴えるしか他に方法がないのである。

開高健は、フィクションとノンフィクションを、全く異なった技法で書き分けることのできる器用な職人芸には程遠い資質であった。それゆえ彼が書いたノンフィクションと小説との間には、表現力の段差がない。彼の素志においては、ノンフィクションにも、体臭とか歌とかにたとえることのできる隠し味が目指されている。

彼は小説を書くのと同じ姿勢で臨んだから、ノンフィクションを専門とする人たちとは異質の特異な表現を、ノンフィクションにおいても基幹としていたのである。彼が釣りの話にかこって語りたかった独自の想念を感じとる読み方が必要であろう。

怪異なヒステリー

プラハに浸透した戦車をただ大国主義の象徴や、社会主義の統一と団結を守るための非常措置と見てよいかどうかは疑いが多い。そのうしろには積年のソヴィエトの《絶対》を強行することから発生した超ナショナリズムと、インターナショナリズムを掲げながら徹底的に外界を排除し続けてきた自閉衝動とが一体になっている。自閉しつつ昂揚しようとする怪異なヒステリーに似たものが渦動していた。とめどない膨張がとめどない内閉と表裏一体と化してあの行動となったのではあるまいかと思われる。

『白いページ』 昭和五十年（19―1 5 4）

開高健の作家魂が動きを示すとき、潔癖な彼は社会主義共産主義に捉われている人たちが内輪で交わされている、謂《い》わゆる社会科学畑の業界術語《ジャーゴン》に頼ることを潔しとしない。この一節は徹底して彼自身の想念から成り立っている。用語のすべてが手造りである。プラハの春を踏みにじった戦車の侵攻を、これほど的確に見抜いた観察を、他に求めても、類似の見解を探しだせないであろう。

怪異なヒステリー、とは言い得て妙である。このような表現をなしうる者こそ真の観察者であろう。鉄のカーテン、などという政治用語を決して持ちださないところに、開高健の並み並みならぬ矜持《きょうじ》が認められる。

インターナショナルという建前はすべての革新勢力が決まったように揚げる。しかし、コミンテルンおよびコミンフォルムは、ソ連の国益を増すための衣裳であった。現今はそれと間違えられぬため、グローバル、という目標《スローガン》が濫用されている。これまたアメリカの国益に資するための口実として考えだされた。

歴史は繰り返す。ただし装いを変えてである。

想像力

画、漫画、写真、映画、実演（各種）、テープ、小説……この鬱蒼としているはずの禁園を少年時代から私はずいぶんさまよい歩いて探究にいそしんできたのであるが、見る、聞く、読むの、どのジャンルでも、結局のところは、想像力に訴えてくるものだけが、飽きがこないとわかる。写真よりは画、実演よりはテープということになってくる。小説にしたっておなじことで、どんな形と質でもいい、想像力に訴えないものは、作者自身が失神したくなるくらいガンバッて書いたものでも、こちらはアホらしくなるばかりである。セックスに関する分野ではどうしても想像力が鍵になってくるので、《もし男に想像力というものがなかったら公爵夫人も町の娼婦もおなじだ》という意味の格言が昔から告げているとおりである。では、小説なら小説で、あらわに、むきだしに書かないで、比喩や暗示や象徴にたよればいいのかとなると、そうもいかない。作者が対象にどれだけ熱くなっているかという永遠の鉄則がここでもはたらくのだし、その燃焼をどれだけ、どうやって制禦するかを作者がわきまえているか、いないかということも問題なのだし、細部が生きているかいないかということもきびしく要請されてくる。ひとくちに想像力といってもそれが発現する様相は多頭の蛇のように多方向で、不屈であり、とらえにくいのである。性を扱わない作品を名作にするのとおなじ原理と生理がここでもはたらくのである。

『白いページ』昭和五十年（19―190）

なにゆえ、性の描写に限って、比喩や暗示や象徴にたよるのか、という風に、すなわち、実態を露骨に描くのを避けて、想像力に訴える方角へ進む必要を期待されるのか。そもそも小説なるもの、発生の当初から想像力をあてにして書き続けられてきたのであり、調査報告のような真実の羅列であってはならぬこと自明の理であろう。それが、いったん性の問題となれば、なにゆえ特に想像力が強調されなければならぬのか。そのような仄《ほの》めかしを通じてでなければ、小説として成り立たないように考えられるのは何故だろうか、という疑問が湧いてくる。そのあたりの事情がなぜ作家を縛るのかを考えてみたい。

山本周五郎は『青べか物語』の一節に次の章句を書きこんでいる。

――私は浦島物語のパロディをこころみていたのだ。共産主義のドグマに挑《いど》んだ主題で、最小限度にでも頭脳と胃袋と生殖器の能力が均一でなければ、公平なる分配と所得はあり得ない、ということを、五幕の喜劇に組立てたものであった。

これは画期的な記述である。ギリシアの悲劇作家エウリピデスが、平等とか公平とかは、そういう言葉があるのみで、人の世に実現されることはありえない、と作中人物に語らせて以来、同じ趣旨の言説は少なからず繰り返されてきた。しかし、その問題の根本に、生殖器の能力に差異があるという実態を喝破したのは、私の知る限り山本周五郎だけである。これが人間すべてを悩ませる基本の要素であるのではなかろうか。

人間が年齢《とし》を重ねて成長する時間の経過は、すなわち、自分に備わっていない能力や運命をひとつひとつ諦めてゆく過程でもある。容貌でも風采でも腕力でも学力でも財力でも職種でも昇進でも、自分が他人に劣るのを否応なく認めねばならぬ。一応のところ、それらすべてに劣等感を抱いても、やむをえず我が心に言い聞かせて辛抱できよう。けれども詮じ詰めて最後にただひとつ、生殖器の能力が低いという思いに沈むことだけは避けたい。

しかし残念ながら現実には、男も女も、世には自分より優れた性器を持つ者がいるとしても、それと自分とをあからさまに較べられるのだけは嫌だと念じている。人は誰でも性器コンプレックスを超越し得ていない。それゆえ、たとえ小説であっても、作家が性の問題を露骨に描いて、自分の潜在的な劣等感を思い起こさせて欲しくないのである。

見える本であること

本は、読むまえに、見るものでもある。パラパラと頁を繰ったときに字の行列のぐあいを一瞥すると、かなりのことが見えるものである。つまり、頁は画でもあるのだ。それが読む前にちょっと見えるようでないといけない。活字の字母が一箇ずつブラシですみずみまで磨きぬいてあるような、そういう字ばかりを植えこんであるような印象が一瞬、眼にとびこんでくるようだと、これはまずイケルと判断してよろしい。すぐれた頁というものは、読んでいると、にわかに活字がメキメキとたちあがってくる。そういう気配がする。それが感じられるし、眼に見える。また、すぐれた行や語にさしかかると、とつぜん頁のそこに白い窓がひらいて、林でできたばかりの風が流れこんできたり、陽の輝やきのようなものが見えたりするものである。そのとき起る光景は人によってさまざまだが、書かれてある内容の光景がそのまま見えることもあり、まったく無関係の光景が出現することもある。ひょっとするとそれは私たちの〝下意識〟と呼ばれるものが顔を覗かせてたのかもしれないが、いずれにせよ、何かがまざまざと目撃されるような本でないといけないのである。本は読まなくても何かが見え、読んでも何かが見える。見える本であることそこである。

本を選ぶのに、世間の評判を聞いてとか、新聞雑誌の書評を読んでとか、そのような外部の声に耳を傾けるなどの姿勢に、一言も触れていないのに注意すべきではないか。本は自分で選ぶものであると、開高健は自明の理としてあっさり前提している。

現在は出版物が世に溢れているけれども、たとえばスーパーなどで豊富多彩に並べられている食材と同じく、本当の栄養素となって、精神を鍛えてくれる本は甚だ少ないと、一般に誰でも感じとっていると思われる。そのやや漠然とした予想を、開高健は巧みな比喩を重ねて、具体化されるよう真剣に説きあかしているのである。

『白いページ』　昭和五十年（19―２１２）

プロがアマに歯がたたない

近頃のわが国の新聞で光った箇所は一箇所しかない。読者が投書する風刺の三行コントである。これだけは秀抜である。ときどきアチクシも哄笑、脱帽したくなるのがあるね。なかなかおみごとである。これにくらべると記者氏の書く三行論説(別枠として置かれている短章を指す)の歯切れの悪さ。思いあがった文体にくらべてその芸の低さ。プロがアマに歯がたたないという皮肉の典型みたいなものである。それが毎度毎度のことなのでこちらは両者をくらべて失笑するたのしみを味わわせて頂いているが、自社の記者の質の低さを平然と公開しつづける新聞社のハラの大きさに小さな感動をおぼえるほどである。夕刊や文学雑誌やその他、すべて匿名欄と呼ばれるものの質の低さもひどいものである。こういうコラムは居合抜きでいう太刀先の見切りというものであって、チャリンと刃が触れあったときに勝負は有無をいわせず決着がついていなければいけないし、闇夜の出会い頭に一撃、匕首《あいくち》で急所をえぐりぬかねばならない名人芸なのである。

『白いページ』 昭和五十年 (19―329)

新聞雑誌を活気づける条件のひとつが匿名コラムである。昭和前期には雑誌『新青年』の阿呆宮があった。読者は毎号まずそこから読みはじめたものである。巧みな料理人が差しだす前菜のように、それに続く献立てに比すべき本文への期待を募《つの》らせる役割を果たした。

戦後では、高田保の「ブラリひょうたん」、林房雄の「東西南北」、タイトルは忘れたが大宅壮一および十返肇、それに筆者がいまだにわからないのだけれど「時のうごき」、これらがいずれも冴えわたっていた。

匿名の場合は筆者が誰か知られないのが通常であるから、四方八方に余計な気兼ねをする必要がないので、本音をずばり記しても差し支えない。ただし、開高健が指摘するように文章にはひねりをきかす芸が必要である。無私のコラムニストが出現してくれるのを期待したい。

新聞の余白に書かれた物語

スパイ小説を読むたびに感じさせられることだが、スパイ小説とはジャーナリズムの一亜種であるか、もしくは、ジャーナリズムそのものではあるまいか。自国内部、もしくは対立しあう二つ以上の国家、また、政治勢力、その影の争闘をあくまでもリアリスティックにフィクションとして描くマイナスのロマンがスパイ小説であるが、作者は莫大な知識を準備してかからなければならない。ある国の風土、気候、地形、食物、挨拶、伝統としての心性、日常会話のはこびかた、クシャミのしかた、おおざっぱに〝風俗〟と呼ばれている、描くのに至難なもの、これらいっさいをくまなく体得しておいてから秘話のデッチ上げにとりかからなければならないのだから読者が三時間で読んで忘れてしまうことに作者は三年をかけなければなるまい。小説を〝ノヴェル〟と呼ぶ習慣のそもそもの出発点のあたりには、新しいこと、珍しいこと、はじめてのニューズを伝える形式だという含みがあったが、いわゆる純文学がいつか、どこかで、とっくに喪失してしまったプリミティブな読者の願望をスパイ小説は〝最新ニューズ〟の形式で最新の関心でみたしてやろうとする。だからそれは最古の願望を最新の関心でみたそうとする。つまりそれは新聞なのである。

新聞の一変種なのである。本文より余白のほうが大きい新聞なのであり、新聞の余白に書かれた物語なのである。したがって、上質のスパイ小説が生産される国には円熟し、かつ冷静なジャーナリズムと、それにふさわしい読者があるし、なければならぬということになる。

『白いページ』昭和五十年（19―447）

推理小説を全体として見ればなかなかの名作が生まれてはいるものの、スパイ小説となるとわが国はガクンと落ちる。それどころかほとんど皆無といってよいほどなのはどうしたことだろうか。開高健はそう不思議がって理由を考えようとする。『白い国籍のスパイ』とか『スパイになりたかったスパイ』などを例に挙げながら、イギリスでもアメリカでもフランスでも、ふつう推理小説とスパイ小説はほぼ平行して生産されているのだが、わが国ではひどい段差があってスパイ小説だけは貧困なのである。ろくなスパイ小説のないわが国にはろくなジャーナリズムがないからだということになる、と開高健は観察している。必ずしもそう断言するわけにはいかぬとしても、我が国の外交は国際対立に処する場合、ほとんど無力であるから、日本はスパイ小説を受け入れる土壌が痩せているとみてよいかもしれない。江戸川乱歩は戦後の推理小説を興隆させるべくおおいに努めたが、スパイ小説への関心は比較的に薄かったようである。

《夜の箱》

わが国の魚名の変化ぶりをしつこく追求してコレクションした仕事では渋沢（敬三）さんの奇書が一冊あるが、この種のことが話題になるときまって中国との比較がでてくる。そして中国語で〝鮎魚〟と書くときはアユではなくてナマズのことなのだというハナシになる。だいたいわが国の魚名の漢字は起源も起因もわからないアテ字がおびただしくて、よくスシ屋の茶碗やノレンに魚名を漢字で羅列していくつまで読めますかという謎なぞまがいのがあるが、あれはあれでその場の座興としては愉しい。しかし、どの程度の権威があるのかとマジメな疑いを抱いたら、朦朧そのものにて御座候と頭を搔くしかないものがじつにおびただしくあるはずである。少年時代に中国語で〝鮎〟がわが国では〝鯰〟なのだと教えられてから私は用心深くなって、そういう異文異種ぶりがただ魚名だけのことではなくて森羅万象におよぶのだとされ、漢文のヨチヨチ勉強がさらにヨチヨチとなった。春に野原や道や草の穂波にたつ《陽炎》が中国語では《野馬》と表現されているのだと知ったときなどはあの国の人たちの連想飛躍の奔放さと詩魂にすっかり参ってしまって、アッといいたくなったものだった。ずっとずっと後年になってパリへはじめていったとき、バーのことをフランス語の慣用句では《夜の箱》と呼ぶのだと教えられて、またアッといいたくなったものだが、この種のことでは古今東西に無数の無名の大詩人がいるので、手も足もでなくなってしまう。

『白いページ』　昭和五十年（19—452）

さきにおことわりしておくと、開高健は漢文を白文で読みくだしはできなかったであろうけれども、漢字表現の語彙の豊富さにおいては、近代日本の作家のなかでは屹立していた。文学者に限らず、本人の言うことはいつでも当てにならないのである。

それはさておき、戦前に我が国と支那《チャイナ》とが文字において共通であるなどと宣伝されたのは、実に愚かなコジツケであった。開高健がそんなデマゴーグを信用せず、両国が異文異種であるとわきまえていたのはさすがである。

改めて申すまでもなく、日本と支那《チャイナ》とはなんの共通性もないまったくの異国である。この勘所を押さえてかからない議論や外交は、我が国にとっては間違いなく害毒となろう。この肝心要《かなめ》の事実を、岡田英弘が早くから説き続け、『この厄介な国、中国』『やはり奇妙な中国』『だれが中国をつくったか』『中国意外史』そのほか多数の著作を世に送っている。日下公人もまた『中国人の原則』（共著）をはじめ折あるごとに警告を発してきた。それでこの常識が我が国で十分に浸透しているとは見做しえない。

諸橋轍次を名儀編集人とする『大漢和辞典』は、清《シン》の聖祖が命じて編纂された辞書『佩文韻府《はいぶんいんぷ》』四百四十四巻を基礎として日本語の訳を付すという安直な手法でつくられた間に合わせであり、我が国における漢字表記を訓《よ》むのには無用である。その欠を補うべく平成十九年、『新潮日本語漢字辞典』が刊行されたのはまことに喜ばしい。開高健が達者であれば、進んで推薦の労をとったであろうにと惜しまれる。従来の漢和辞典すべてと一線を画し、日本人が漢字をどのようにして日本化したかの経過に思いを馳せることができるのである。

第10章 開高評論

付和雷同

どういうものか、同胞にはつねに付和雷同のこころの癖があって、その病巣はいつまでたってもはびこりつづけるようである。思想、書物、ファッション、料理、森羅万象、はびこりだしたら最後、トコトンまで一億人が一色に塗りつぶされないことには気がすまない。ガス・ライターが流行しだすと、ネコが杓子をかついでガス・ライターばかり使いだし、あちらこちらのタバコ屋からいっせいにオイルの缶が姿を消してしまった。たまに見つかると一度に五コも六コも買いこまないことにはつぎに入手できないという不安があって、バカバカしいといったらなかった。

『生物《いきもの》としての静物』昭和五十九年（20—120）

明治四十年、国文学者の芳賀矢一は『国民性十論』を著わして十箇条を挙げた。その第三に、現世的、実際的、なる項目を挙げている。その結論近くに述べていわく。万世一系の古い国で、保守の気性はありながら、実際役に立つ事は何事でも採用する。保守である所は飽くまで保守である代りに利益であるところは直《ただち》に採用して改める。採長補知といふ事は日本人の良所である。時世を察しては一切の旧物を棄てて新式にうつるのを辞せぬ手際は中々敏感なものである。利害得失は個人としても、国家としても実際主義を忘れぬのである。

まことに然りであるのだが、その旧を棄て新を採る熱意の高まりが、世を挙げて悉くの人に一斉の風を吹かせ、誰も彼も新規の方へ足並み揃えて進行するという激しい動態が特色であることを付け加えなければならぬ。その国民性が明治維新を驚くべき短期に成功させたのであるのと同時に、一億の国民がすべて同じ色に染まるという眺めて面白からぬ風景を作りだした。

昔から世の人が心得としたのは早飯早糞である。みんな非常に忙しいのである。それは、世間の動きに遅れてはならぬという性急《せっかち》な気分が絶えず人びとを追い立てているゆえであろう。その結果が付和雷同である。一部の人は他人を追い抜こうとして齷齪《あくせく》するが、大多数の一般人は世間並みで、格別の突出を願いもせぬのが普通である。つまりいつも人を出し抜こうとばかりに虎視《こし》眈々《たんたん》の姿勢をとらぬかわりに、世の平均よりも貧しくならぬように努める、その志向が国民一般に通有されているから誰もが同じ行動に出る。

歌謡曲『昭和枯れすすき』は典型的な弱者の嘆き節であるけれど、それでも至ってしおらしく、幸《しあわ》せなんて望まぬが人並みでいたい、と唄う。いわんや、この唄よりも上級の一般的な暮しをしている階層は、無意識のうちに足並み揃えて満足するのである。

苦痛

いまはまだ書きたくないので数行だけにとどめておきたいが、私は高橋和巳の作品を読むのが苦痛だった。それは主題や内容からくる苦痛ではなく、開巻冒頭からくる苦痛で、もししいて読みとおさねばならないとなると生理的に耐えられないような性質の苦痛だった。それ以上をこえてすすむことができないのである。

『惜しむ――追悼・高橋和巳』昭和四十六年（20―233）

開高健は文体にすべてを賭けていた。それは内外いずれの作品にも似たところのない、繊細で人の心に食い入って発光する独創の敍述でなければならなかった。新聞記事や啓蒙書など世間一般に広く通用している語彙に対して彼は極端なまでに斥力を発揮した。いわんや党派色を帯びた煽動的な辞彙に対しては決定的に対立した。高橋和巳の如きは彼にとって異域の人であった。その断固たる潔癖は追悼文においても妥協を許さなかったのである。

過剰だが出口を知らない精神

西鶴は元禄人だった。彼はこの時代の上下と左右をはしからはしまでくまなく書きとめ、描写し、記録した。布のかわりに紙を着て酒のかわりに湯をすするしかない極貧人からトリマルキオの饗宴と放蕩で昼も夜もない極富人にいたるまで〝何もかもある〟時代でそれはあり、さむらいは仇討ちと切腹、いかに死ぬかの工夫に心を砕き、町人は儲けては破産し、男色は昼、夜は女色とうたわれた時代であったが、一つの高原状態だった。歴史のなかではその前後から孤立した一つのなだらかな隆起であった。隆起をうながした大衝動は消え、強烈で不意な、社会の全体系を変えてしまうような異質の文明の打撃や接近はまったく予感されず、すべては経験されたと感じる飽満の国であり、成人期の社会であった。空間は充塡されつくしていた。光琳の花や鳥を見ると、静かな狂気かと思われるほどの細緻と技巧があってその華麗は飽満の仮死としかいいようがないが、いっぽう西鶴は一昼夜にすわりっぱなしで二万三千五百の句を吐きに吐きつづけるという破天荒をやってのけている。日本語が一個人の形を借りてこういう怪奇な奔出を遂げたのはこのとき一回きりで、その後試みるものがない。これは巨大な仮死であったと見るべきではあるまいか。このような遊びの背景にはかならず、ある過剰だが出口を知らない精神があり、かならずそれはパセティックな下降を進行させ、鋭いがあてどない憂愁の影をひろげることとなる。たとえば『好色一代女』は『好色一代男』からわずか二年後に刊行されたが、はやくも歯ぎしりの音が聞えそうな冷めたい陰惨を漂よわせているではないか。

「才覚の人　西鶴」昭和四十六年（20―240）

開高健の見るところ、元禄時代は近世期のなかにおける高潮としての、隆起であった。申すまでもなく寛永年間から次第に錬磨されつつあった近世的表現が到達した最初の高峰が西鶴である。しかし開高健は、リアリスト西鶴、とか、人間性を画きつくした西鶴、とか言い習わされている俗説に一顧だにしない。西鶴における奥行きの深さを、ある過剰だが出口を知らない精神、と評し、作品に、憂愁の影、を見出したのは開高健ひとりではあるまいか。

読者にもし余裕があれば、世の文学事典や西鶴研究書と比較していただきたい。そうすれば開高健による西鶴像の異質性を認めていただけるであろう。

西鶴学

吉田精一氏が『一代男』を評してその本質をロマン・ピカレスク（悪漢小説）だとしたのは、〝すこしヘンチキ論〟だという自戒の評語にもかかわらず抜群の鑑賞眼を示した批評だと思われる（河出書房版・国民の文学・西鶴名作集・解説）。

この説には賛成のほかないので、私なりに少し、書いてみたくなる。悪漢小説は全世界どこにでもある。ふつうヨーロッパ文学では十六世紀のスペインで開花と結晶を見たとされているが、それは文学辞典の解説であって、根源は石器時代の洞窟の炉辺談話からはじまるのである。英雄、美女、反逆者、何でもよろしいが、とにかくここに一人の、非日常的、非常識的な、上昇か下降かは何人も定めにくいが、どえらいエネルギーを持った猛烈男か、猛烈女がいたとする。それが社会と自然をよこぎっていく旅に出発する。下から上へか、上から下へか、または右から左へか、左から右へか、とにかく果敢法外な縦断か横断かを試みるのである。その航跡をたどっていくと、猛烈男の自伝を述べるという形式のもとに、その社会の諸相が、縦断図であるか、横断図であるかを問わず、述べられるという結果になるのである。その形式において述者は猛烈男か猛烈女を借りて、じつは自身の博識を展開したく、また生の混沌を、それについての観想を述べたいのである。そこで、初期においては、つまり社会が自身の体のなかにすっぽり入っていると述者が感じていられた時代には、述者は弁護士のように雄弁に外界と内界について英知やヨタをとばして平気だったのであり、強健の魅力でひきつけたのであったが、時代がさがって、社会そのものが厖大となるにつれて、述者は自信を失い、稀薄となり、誠実になり、作品を薄弱化させてしまうこととなった。この間の事情はA・ハクスリーが、現代の小説家が昔の小説家の役を継ごうとしたらエンサイクロペディア・ブリタニカ全巻をすみからすみまで読まねばならないということになるであろうと喝破した一言に尽きる。そこで、ロマン・ピカレスクは教養小説となり、私小説となり、アンチ・ロマンとなり、ついに白紙と化していくのである。外界の放浪者は一転して内界に向うこととなるが、ジェイムズ・ジョイスが皮膚のなかに密封された航海記を書きあげてからは、このジャンルは発展を失い、ただ、無気力な男根のぴくぴくの描写に終始するしかないかのようで、現在にいたり、今後どうなるのか、誰にもわからない。老子を読めばバカバカしくなって誰も零度の記述など書きたくなくなるのだが、老子を読むにはある年齢まで待たねばならず、作家はたとえ老子を読んだところで生は自分にとって一回しかないのだからそれにウダウダと執せずにはいられず、一言半句の〝新手〟もないまま新作を発表する。むしろ彼は老子がすべてを喝破していることを憎んで、そのこと自体を動機にしてある日、新しい、無気力な小説を書きだすこととともなるであろう。

現代の若い作家とちがって西鶴は密封された高原の住民であったから、外国物を下敷にして書いたというウソ寒さを感じさせず、好きなままに意想奔出して筆をすすめていったものと読める。形式としてそれは『源氏物語』のパロディーである。ただし、中国の文人や詩人の詩句の引用がよくあることに注目すると、中国文学はこれまた古代からとめどないロマン・ピカレスクの天国であったから、西鶴もまたその何かを読んで踏襲しようと考える気になったのかもしれないということは、『源氏物語』とはべつにたっぷり考えておいてもいいことではあるまいかと思われる。

ただし彼は、もしたとえそうしたとしても、徹底的な意識家であり、技巧家であったから、何に暗示をうけたかは、ことごとくさりげなく文体から消してしまったかのようである。これは比較文学の研究の領域に属することのようであるから、西鶴は口をぬぐってすませたが、いつか、誰か、博大な学識と、あたたかい膚と、冷めたい眼を持った篤志家があらわれたら、西鶴学は、俄然新しい展開を示すことになるであろうが。

「才覚の人　西鶴」昭和四十六年（20―242）

開高健はフランソア・ラブレーを渡辺一夫訳で読み、深く傾倒した。そこに彼は文学の源泉を見出し、ほとばしる活力に憧れた。それをここでは、社会が自分の体のなかにすっぽり入っていると述者が感じられていた時代、と、切実な気迫をもって評しているが、実はそれこそ、そのような条件のもとに、そのような活力を内蔵して書かれた小説こそ、彼の全身から湧出《ゆうしゅつ》する目標であり、果たせぬ夢であった。

引用されているオルダス・ハクスリーの辛辣な評語は、開高健が心から同感するところなのである。一言半句の新手、とは開高健を生涯にわたって苦しめた執念であった。のち彼は芥川賞選考委員のひとりとなったとき、候補にあがった新人の作品に対して、この一語をもって貶価するのが常であった。

ロマン・ピカレスクが教養小説となり、私小説となり、アンチ・ロマンとなり、遂に白紙となった、とは、開高健による一筆書きの文学史展望である。

開高健が待望したように、西鶴本の典拠を博捜する仕事はますます盛行しているけれど、それらによって西鶴の作家根性に新しい光が当てられるまでには至っていないようである。

みごとに成功した寓話

文学作品のなかで政治を扱うのは音楽会にいって演奏を聞いているさなかに耳もとで轟然一発ピストルをやられるようなものだとスタンダールが書いているが、政治を扱って成功した作品は、恋を扱って成功した作品の数にくらべてお話にならないくらいわずかである。『動物農場』はその少数のなかで抜群の秀作である。ちょっと文学的教養のある人物なら二十世紀文学の主潮のさなかでこういう徹底的に先祖返りした寓話を書こうなどとは爪からさきも思いつけないし、たとえ一瞬思いついてもたちまちはずかしくなって首をふることであろう。そこを、何もかも知ったうえで、何食わぬ顔つきで、ゆうゆうとやってのけたオーウェルの大胆さと面憎《つらにく》さは、これまた類がない。この作品を読んでナポレオンをスターリン、スノーボールをトロツキー、ボクサーをトハチェフスキー（他に多数）、イヌの一群を国家警察、ヒツジの一群を青年共産主義同盟、風車の建設を電化・工業化政策、さいごの人間とナポレオンの宴会を独ソ協定、というふうに翻案していくのがふつうおこなわれている読みかたで、事実そのとおりの意図で書かれたのである。しかし、これは寓話である。しかも、みごとに成功した寓話なのである。寓話とは諸性格の最大公約数を抽出してきて異種の典型に発展させる作業である。したがってナポレオンをヒットラー、スノーボールをレーム、ボクサーをちょっと異論があるがロンメル……というぐあいに翻案していっても、ピタリとハマるのである。種において完璧なものは種を超えるという、めったに実現されることのない定理が実現されているのである。この作品は左であれ、右であれ、あれを問うことなく、ある現実にたいする痛烈な証言であり、予言である。コミュニズムであれ、ナチズムであれ、民族主義であれ、さては宗教革命であれ、いっさいの革命、または理想、または信仰のたどる命運の、その本質についての、悲惨で透明な凝視である。理想は追求されねばならず、追求されるだろうが、反対物を排除した瞬間から、着実に、確実に、潮のように避けようなく変質がはじまる。きっかけはホンのちょっとした、眼につかない、小さなこと――この作品でならナポレオンが牛乳をこっそりかくしたこと――そこから変質がはじまる。一歩、一歩、部分が拡大していって全容となる。そしてある日、気がつくと、かつて〝敵〟として命を賭けて憎んだものとそっくりの体系がそびえたっている。人間が負わされてどうしようもなくている、そして、飽くことなく繰りかえされていくこの不幸をオーウェルはいたましく凝視しているのである。肥料と天候と手のほかに何ひとつとして信ずるものを持たない万国の小作農は石器時代から〝お上は顔が変わるだけのこった〟とつぶやきつづけてきたが、この作品を仕上げたときのオーウェルは、顔のない、泥まみれの農民のすぐよこにたっていたといえはしないだろうか。

「24金の率直——オーウェル瞥見」昭和四十七年（20—258）

『動物農場』を、生生しい抵抗文学として位置づける俗評に対する異議申し立てである。開高健がここで、寓話、と評しているのは、小説という固苦しい枠を見事に跳躍して乗り越えた、という意味の讃辞である。ザミャーチンの『われら』の硬直した冷たい感触に磨きをかけて艶《つや》を出したという印象が、この評語の基礎にあるらしいと察せられる。

〝同時代〟

一に批評家、二に劇作家、三に小説家。

三島由紀夫は自身を分析してよくそういっていた。そういうことを文章にして書いたこともあったし、よく口にしてもいたようである。たまたま彼の家のパーティーに招かれてグラスを片手に立話をしているときに、かなり辛味のきいた笑いをまじえてじかに聞かされたこともある。作品が成功するのは主人公が作者からはなれて一人歩きをはじめたときで、そういうことは一人の作家の生涯に一度あるかないかというようなものではあるまいかということを私が口にすると、言下に彼は否定してちょっと高い声をだした。そして、そういうことは作者の恥だ。断じてそういうことは許せない、おれはいっさいがっさいを計算したとおりにはこぶのだ、と口早にいった。その作法は小説ではなくて芝居ではないかしらと私がいうと、彼は大きくうなずいて、まさにそのとおり、おれは劇を書くやりかたで小説を書くのだ、おれは一に批評家、二に劇作家、三に小説家……といった。

そういうふうにいい慣れてから永くになるという口調ではあったけれど、じかに本人の口から聞かされてみると、短すぎるくらい短く要約されてはいるものの、明晰さにうたれた。あらゆる意味での〝自然〟との融即を忌みきらって句読点のひとつひとつにおよぶまで徹底的に〝匂い〟らしい匂いをぬくことが故人の作品の特長の一つであったと思われるが、口調のうしろには満々の自信がひそめられているようでもあった。よくよく自身を知って、そのうえでつきはなしてしまわなければこうあざやかに裁断はできないだろうし、それはなかなか容易なことではないはずのものである。二、三度パーティーに招かれたほかに私は故人と私的に接触したことがまったくないし、ただ書かれたものを通じて知っているだけだった。グラスを片手の立話ではほかにもいくつかのことを話しあったけれど、このことがいちばんこころにのこっている。そのときの故人の笑声や辛辣そうな眼のキラめきをよくおぼえている。

〝一に批評家〟ということでは川端康成氏もそうではなかったかと思う。師弟ともに――いや、師弟であればこそ――この点ではじつにそっくりであった。二人とも嗅覚の鋭さ、無名の新人を推挙する公平さ、余白を読みとる透徹ということではまったくよく似ていて、みごとであった。晩年の言動が混濁し、逸脱していて、みんなあとになってからそのことに思いいたることとなったけれど、その点までがそっくりであった。この短い原稿を書くために二人からもらった二、三通の私信を机にならべてくらべてみると、川端氏のは巻紙に太い墨書で流暢に流して達筆であり、三島氏のは腺病質な少女のように針のように鋭いペンで一字一字切りはなして書かれてあるという正反対のものであるが、それぞれが〝肉筆〟である点では変りがないので、逆になったほうが正しいのではないかしらと思いつつも、あまりの相違のために、かえって故人たちの一致点のほうを、あれこれと、おぼろながらかぞえたくなってくる。

戦後のデビュー以後のある時期に三島氏は才にまかせて好短篇を書きまくったことがあった。氏の文体と用語の好みはどちらかといえば長篇よりも短篇に適していたのではないかと私は思うのだけれど、これらの短篇群は作者の逆説好みの曲芸があざやかなドンデンを成功させていて、しばしば真空放電のように鮮烈なイメージをつくっている。おそらくこれは戦前、若い川端康成氏が才と即興の赴くままに〝掌〟単位のショートショートを書きまくったことにはげましと、そそのかしと、ある教訓を得て、ここぞとばかりに書かれたものではあるまいかと私は想像することがある。初老の師が若い弟子にひっそりとした座敷で、ある午後、ひそひそとつぶやくようにして、暗示するのである。晩秋の午後の鋭い冷めたさをひそめてはいるけれどほのぼのとしたところのある明るい日光が白い紙障子に射し、ひそかな藺《いぐさ》の匂いの漂よう青い畳におぼろな光斑ができている。

師「註文があればあるままに短篇を書きまくりなさい。メモがわりに書くと思えばいい。デッサンの勉強になるし、血を流さないで虚名が売れる。それで時間を稼いでから長篇を書くのだ。世間が何といおうとほっておきなさい」

弟子「昔おやりになった」

師「あの頃は不自由でした。フーカイ（風紀壊乱取締法）などと、野暮な禁圧がありましたしね。でも、禁圧があるほど書けるということも作家には一理だ。いまは何もないからかえって空中分解してむつかしいかもしれないけれどね」

弟子「短篇は居合抜きです。鍔鳴りを聞かせればいい。抜かなくても抜いたように見せかけるペテンもあります。私には合ってるかもしれない。日本の小説家には長篇が書けないというのが定説ですが、だといって短篇がさほど研究しつくされたわけでもない」

師「君ならできます。いまの君は何をしてもいい。失敗などということはない。何をしても、それがどんな出来でも、きっと血となり肉となる。そういう波にのってるんです。一度のったら、とことんのったらいい。どうですか」

弟子「軽佻浮薄にやってみますか」

師「書きたいままに書いてみるんです。書いたら読み返さないで渡しちゃいなさい。雑誌に発表されてからも読み返さなくていい。そんなことをすると、足をとられる」

若いときに波にのっていたときに師は即興の閃めくままにショートショートを書きつらねた。学者は〝歴史〟をさながらサイのような厚皮動物、またはダムのパイプの配置図のようなものとして扱い、そこには小賢しい〝必然の歯車〟の回転しかなくて、あくびがでるばかりだが、作家の即興になる〝同時代〟には、後代の読者も同棲するしかないのである。川端康成氏も長篇では成功した作家とはいいにくいし、事実、〝長篇〟といえるほどの規模のものはごくわずかしか——むしろ、皆無といっていいほど——書けなかった人であるけれど、短篇と評文には時代と魂がさまざまと分泌されているし、閃めいている。私のような昭和一ケタのはるかな後世代の人間も、それらを読みたどっていくうちに、何やらむらむらと迫ってくるか、沈澱させられるものがあって、変れば変るほど、いよいよおなじだと、感じこませられてしまうのである。〝感ずる〟ということばも浪費されてしまったために、細胞液も、核も、膜もなくなってしまった単語だけれど、それゆえにますます深くのめらずにはいられない。ある種の作家の作品はそれが軽薄な即興で書かれたものであろうと、重厚な沈思で書かれたものであろうと、いつものっぴきならず〝同時代〟をさしだしてくる。

「この師この弟子」昭和四十九年（20—267）

三島由紀夫論と川端康成論である。一に批評家、という点では奇妙に二人は共通していた。明治以降、小説の読み方に秀でて、小説の勘所を押さえた批評家としては、この二人よりも優れた存在は見当らない。強いて二人に次ぐ人を挙げれば平野謙と高見順か。四人の全集に含まれている評論篇を味読しないでは、文藝評論のコツは会得できないであろう。

開高健の評価は厳しい。川端康成の長篇を全面的に認めていないのである。世評の高い『雪国』や『山の音』などは当初から読者受けを狙った売り出し用である。ただし晩年の『眠れる美女』は例外としよう。

開高健はまた三島由紀夫の長篇小説をすべて認めていない。或るとき平野謙が三島由紀夫の作品を前にして、私にはわからない、と筆を投げたのを、開高健は絶讃していた。私も同感である。開高健が三島の短篇をとりあげているのは、それらが技巧的に完璧だからである。そして開高健自身は一貫して技巧に走るのを警戒していた。三島の技巧が最も冴えているのは『恋の都』をはじめとする非の打ちようのないエンターテインメントではあるまいか。

〝狼疾〟

読書となると、乱読、濫読、手あたり次第にめちゃくちゃに読みまくり、そのため頭はいつも醱酵熱でぼうっとなり、混沌といえば聞えはいいけれど、まるで玩具箱をひっくりかえしたみたいになっていた。そのうちときどき奇妙なことが発生するようになった。本を読んでいて、ふと、ある字に眼が止まり、それをじっと眺めていると、音もなく分解が起るのである。《木》なら《木》、《箱》なら《箱》が、バラバラの何本かの線になってしまい、意味もなくなり、イメージも消えてしまう。なぜそれが木でなければならず、また箱でなければならないのか、そこがわからなくなってしまうのである。魔がこの瞬間に声もなくすれちがっていくのだが、一度起ると、手も足もしびれてしまって、一歩も踏みだせなくなる。一行も読みつぐことができなくなるのだ。文字がそうやって一握の砂のように解体、四散してしまうのだから、その外側にひしめくいっさいの事物はおびただしい異物の氾濫となってしまう。これは名状しようのない恐怖であった。その発作がこわくて、私は一時、本に手をだすことができなくなり、あてどなく町をほっつき歩いた。

その頃たまたま中島敦を読んでみると、おなじことをまざまざと書きつけているので、声にだせないくらいおどろいた。このドッペルゲンゲルのこと、人格剝離のことをいちばんあざやかに書きとめたのは「古譚」のなかの「文字禍」という一篇だろうと思う。彼が論じられる場ではいつも「山月記」や、「李陵」や、「光と風と夢」がとりあげられ、他はまったくといってよいほど省みられることがないのだが、私にはそのことが不満だった。この「文字禍」にしても、「わが西遊記」の「悟浄出世」にしても、作品としてはまことに心なごむ仕上げとなっていて、ことに澄明であたたかくて鋭いユーモアの功徳は他の何にもかえられないほどのものなのだが、誰も論ずる人がいない。これらのユーモアの背後には作者が孟子を引用して〝狼疾〟と呼んだ暗い崩壊の苦悩がひそめられてあり、そのユーモアは追いつめられた小獣のけたたましい最後の一声のような悲痛を内包しているのだが、誰も嗅ぎとろうとしない。

「李陵」も、「山月記」も「光と風と夢」も、これらは一言もなく名品である。当時の作者の年齢を考えあわせれば、端正、荘重、ほとんど稟質《ひんしつ》そのものといいたいみごとさで、この若さでこれだけ完成できたのはやはり夭折を深く予感していたためではあるまいかと思いたくなる。かりに彼が病没しないで生きのびることができ、書きつづけることができたとしても、これらの作品のあとでは、どんな作品も予感することができないまでに完璧なのである。梶井基次郎が生きのびていたらどんな作品を書いたことだろうかと、ときどき考えることがあるが、やっぱり想像のはたらく余地がなさそうで、そのこととよく似ている。しかし、当時すでに心の赴くままに中島敦がカフカの短篇をかなり読み、気味悪がりながらもひかれずにいられなかったらしいことを作品中で教えられ、また《疎外》の感性と知覚がその後どれだけ時代の底流となったかなどと考えあわせていくと、狼疾者だった彼は三十年も四十年も早くに微震計として訴えつづけていたのだと思わずにはいられない。彼は早く生まれすぎたのである。

一本の指のさきを患い、それに心を奪われるために全身を忘れる病いを狼疾と呼ぶのだそうだが、その心の苦痛を彼は「文字禍」や「悟浄出世」などで、珍しく笑いに転化することができた。数万巻の粘土板の本におしつぶされるアッシリアの老学者や流沙河の薄明の水底を彷徨する河童の妖怪に彼は自身を仮託し、たまゆらの心の微光と博識の赴くままに面白がってこれらの心憎い短篇を書いたのだったが、作者が面白がっていることのよくわかる作品は見て見ぬふりをしてとりあげないというこの国に独特の奇習から、見捨てられるままになってしまった。その奇習はいよいよ今日も盛大におこなわれ、おかげで作家たちは面白がる心をすっかり失ってしまい、作品は脱水症状を深める一途である。涸渇また涸渇である。

じつに久しぶりにこれらの作品を読みかえして私はなつかしくもあり、愉しくもあった。太宰治の「ロマネスク」や「諸国噺」や「お伽草紙」も心なごむ短篇群だが、泥のような昏々味々紛々若々の憂鬱に犯されっぱなしのこの毎日、ひとときの寝床のなかで微笑させてもらった。彼の作品がまったく風化を知らないみずみずしさを保持していることを教えられるのも爽やかな愕《おどろ》きであった。あの暗澹とした少年時代後半期に「和歌でない歌」を読んで人知れず絶望と昂揚を同時に注入されたことの感銘も書きたかったのだが、もう、紙数がない。しかも四年ごしの作品がまだよろめき歩きばかりでトンネルの前方には針ほどの光も見えない。残念だが私は私の廃園にもどることにする。

「笑いと狼疾」昭和五十一年（20―305）

開高健がどのようにして乱読していたかの事情を語った一節である。

たとえ中島敦にとりかかっても、「山月記」や「李陵」には留保条件がつけられている。殊に「山月記」などは問題にもしなかったであろう。開高の知らないことであるが、「山月記」を教科書に編入した当事者は、小説を筋書きだけで読む習慣の人だったのであろうと推察される。

それはさておき、開高健は、澄明であたたかく鋭いユーモア、を何よりも尊重する。ただ、彼が認めるユーモアは浅薄な座興ではなく、苦悩と悲痛を内包していなければならない。昔風に言うなら、悲しみのあまりに笑うて候という類いの情念に発するユーモアである。

太宰治に手をのばしても、どういう作品を評価しているか、その鑑識眼が明瞭であろう。

第11章 開高閉口

〃材料〃をどう料理するか

アウシュヴィッツ収容所。アイヒマン裁判。死海最前線。ヨルダン川最前線。ヴェトナム。ビアフラ。スエズ最前線。ヨルダン川最前線。パリの〃五月革命〃。ヴェトナム。ヴェトナム。三十歳のときから十年余、ずいぶん歩きまわったものだと思って、そのうち〃戦争〃や〃革命〃に関係のあるものをひろいだしてみると、これだけある。終ってしまったものもあるが、まだつづいているのもある。アラブ×イスラエル紛争がそれである。これは決着がつくのに〃あと百年かかる〃と長嘆息の声で低く聞かされたことがある。

自分でいったのもあるが、新聞社や出版社の移動特派員としてでかけたのが多い。ジャーナリストというパスを持っていると、またはそれを持たなければ、最前線までいくことが許可されないので、どうしても必要であった。しかし、そのパスはときどきべつの目的に使ってみたこともあった。音楽会や劇場へいくのにこれを見せると満席のはずなのにときとして不意にいい席を微笑まじりでもらえることがあって、卓効があるのだった。

それぞれルポを書いたのだけれど、現場で書いたのもあれば、帰国してから書いたのもある。横文字の国にいて縦文字を書くのは、なかなか楽ではなかった。私はあぐらをかいてすわり、日本机にむかって、しかも夜ふけでなければ一語も書けないという永年の習癖があるので、人知れず苦労した。椅子に毛布や、ふとんや、ときには枕をつみあげ、そのうえにあぐらをかくと、ちょうどテーブルが日本机の感覚になってくれるのだが、尻のおちつきがわるくてしようがない。一仕事したあとはちょっとイッパイやってから寝ることになるが、そうなると、ベッドに枕や毛布をいちいちはこんでいかなければならず、めんどうでならなかった。

書くのはたいてい現場から首都のホテルに引揚げてきてからなのだが、私はジャーナリストとしての訓練をうけていなくて、あくまでも小説家として書くわけで、その点についての迷いはほとんどないが、鮮烈すぎるものや酷烈すぎるものを目撃したあとでは、とくに死者の眼を目撃したあとでは、とらえようのない激しさにゆさぶられるばかりで、〝言葉〟のうつろさとむなしさに心を占められてしまう。《私は黙っているときに充実をおぼえ、口をひらこうとするとたちまち空虚をおぼえる》ということをあるときの魯迅が書きつけたことがあるが、そのあたりだ。これまでに書いたすべての煙りのような、水のような文章にこの一句を冠せてしまいたくなることがある。視覚は不幸である。この期間の私の経験によると、これも小説家としての嗅覚だが、〝事実〟と呼ばれるものにはフィクションで書いたほうが本質が明瞭にあらわれると感じられるものと、ノン・フィクションのほうがいいと感じられるものと、二種あるような気がする。では、どういう種類の事実がフィクションを求め、どういう種類の事実がノン・フィクションを求めるのか、その判断の基準は、となると、私には答えようがない。それは〝匂い〟とか、〝直覚〟で判断するしかないのである。いずれ誰かがこのことについて〝理論〟を書くだろうし、私も読むことだろうが、どれほどの名論であっても、究極のところではやっぱり私は迷蒙の明断ともいうべき〝直覚〟をたよりにするよりほかないだろうと思う。

だから、フィクションで書いたのもあるし、ノン・フィクションで書いたのもある。フィクションでも書いていず、ノン・フィクションでも書いていない不幸な視覚も、まだ、ずいぶんたくさんあって、私は用心深いギャングのようにひたかくしにかくして、その《経験》という果実が薄暗い心の酒庫のなかで熟していくのを待ちつづけてきたし、待ちつづけている。ノン・フィクションとして書いたものはまぎれもなくそれぞれの現場からの報告だったが、いっぽう小説家としての私はそれを創作メモの一種として考えることにもした。グレアム・グリーンのヴェトナムについてのルポと、その成果である『おとなしいアメリカ人』を何度となく私は読みくらべてみて、〝材料〟をどう料理するかをよく教えられたような気がした。材料は材料、料理は料理としてそれぞれに書きわけられていいのだし、そのことに異論をたてる必要は何もないのである。ただし、決定的に、その料理はあくまでも料理でなければならないのだ。酒でなければならないのだ。ジュースであってはならないのである。

〝事実〟が鮮烈でありすぎるために私はそれとその周辺の細部をこまごまと書くことに没頭してきたのだが、あまりの圧力におされるあまり、ついついその〝事実〟を生じさせるに到った背景なるものについて言及せずにはいられなくなる。そこで、〝戦争〟とか、〝革命〟とか、〝戦術〟とか、〝戦略〟とか、〝歴史〟とか、〝伝統〟とかについて思考をめぐらさずにはいられなくなる。単位が巨大で茫漠とした、正確でもあり朦朧ともしている。集約的なイデェと言葉をいじらずにはいられなくなってくる。小説家ではなくて中説家や大説家になっていく。この避けようのない誘惑のなかにひそかな罠がある。この誘惑に体をゆだねてしまうと、小説家が蒸発してしまうのである。〝人間〟が、その眼、その息、その声音、ふとした一瞬にかくされたおびただしい〝生〟の気配が、消えてしまうのである。〝大〟を考えつつも〝小〟を痛く感じつづけていかなければならないのに、そのあいだにあるひどい距離が私を分解してしまう。してしまいそうになる。そこで踏みとどまらなければならないのに、あまりの二極分裂のすさまじさに、自分を忘れて、ついつい跳ねたくなってくる。〝人間〟が霧散してしまう。

旅行から帰ってくるたびに私はこの相剋にもみくちゃにされ、文体を失ってしまった。一定の、特定の文体で切りとるにはあまりにも豊富で多様な人の眼を覗きこんだために、しばらくはただ漂うままに漂よっているしかなかった。胸苦しい空白がつづいた。書きたい光景はすぐそこの戸口まできてひしめいている気配なのに、ペンをとると、つぎの瞬間、おいてしまうしかないのだった。

『開口閉口2』昭和五十二年（21—90）

開高健は小説作法において恐らく空前の独創を意図しつつ、同時に、ノンフィクション作家として、最も中味の濃い達成を示すという、一身にして二分野に挑む純粋な野心家であった。その内幕とも言うべき試行錯誤の過程を、赤裸々に吐露した述懐である。

取材したとてつもなく複雑な構成を持つ財宝のうち、何処までをノンフィクションとして表現し、その精髄を選り分けて、のちに小説として描写すべき源泉をどのようにして確保すべきか、おそらく彼はその思案に明け暮れていたに相違ない。まことに特異な存在であった。

しかし読者の立場から見れば、ノンフィクションでベトナムの実相を伝える仕事の進行中に、おのずから『輝ける闇』および『夏の闇』が醗酵したのではあるまいか。結果として彼は二筋道を縒《よ》り合わせるのに見事な成功を収めたのではあるまいか。

教育の理想

教えるものが教えられるのが教育の理想である。師はいつか弟子に踏みこえられ否定される宿命にあると忍耐強く私は知覚しているので、つぎからつぎへと湖畔で弟子たちが後姿を見せるままに一人でボートに乗りこんで漕ぎだし、けっしてこちらをふりかえろうとせず、声をかけようとしなくても、それで満足してるんである。それを下剋上とも思わず、造反とも感じないんである。より大いなる自己滅却の忍耐の歓びのうちに彼らを見送り、夕方になって彼らが氷雨と冷風で唇を青くしてもどってくるのを見とどける。釣れましたかと声をかけて、彼らが何やらうなだれ、口数少くモグモグと呟くのを耳にして、別種の奇妙な歓びをひそかにおぼえたりするんである。どういうわけか、何となくあたたかい気持になれるところがおかしい。この感情に名はついていないが、どことなく品のわるさがまじっているようなのに、けっして気にならない。

「……ピアフは野良犬みたいなイヴ・モンタンを町から拾ってきて一人前以上の歌手に精魂こめて仕立てあげ、そのあげくポイと捨てられ、何もいわなかった。私の心境はしいていえばそれに近いナ」

『開口閉口2』昭和五十二年（21―107）

話題は釣師、或いは釣狂とでも呼ぶべきか、彼等の間における抜きつ抜かれつの争闘なのであるが、期せずして、教育という、誰も未だ嘗て十全の成功を収めた例のない逆説に満ちた行為についての連想となっている。

J・S・ミルは父から早期天才教育を受けた典型として周知であるが、『ミル自伝』に回想するところ、それは父と子の間における真剣勝負のような対決に終始している。

一般に、教師とは、自分を追い抜いてゆく人材を育てて、その後は弟子から下目に見られるのに耐える宿命を背負っているのであるかもしれない。

闇のゆえにこそ

西欧が開発した独自の魅惑の一つに、ステンド・グラスがある。西欧も東洋も鏡を発明したし、その素材と永続のために無数の素材をさがし求め、工夫に工夫をかさねてきたが、ステンド・グラスはもっぱら西欧人の没頭した様式であり、素材であり、工夫であった。それはフランスで幾世代もかさねたあげくに完璧の開花を見ることとなるのだが、シャルトルとモン・サン・ミシェルの奇蹟は、後続の幾世代もの芸術家たちを鼓舞しつづけてやむことがない。

シャルトルの教会へはじめていったとき、真夏のしらちゃけきった午後であるにもかかわらず、薄暗い堂内に一歩入った瞬間、異様な、澄明な色と光の乱舞に眼を奪われて、それっきりになってしまった。この教会のよこに小さな小さなミュゼ（美術館）があり、この教会のステンド・グラスにヒントなり、モチーフなり、テーマなりを天恵された現代画家たちの作品群が公開されているのだが、その萎微、沈澱、不全、失調ぶりは、眼もあてられなかった。画は布地に油彩で描くものだから、その画面からくる光は反射光であり、ステンド・グラスからくるのは入射光と反射光の交響なので、物理的に光の質は異なるのだから判断も変えねばなるまいと思いはするが、反射光だろうと入射光だろうと、一人の人間にとっての感動そのものはどうしようもないものである。

この教会のステンド・グラスの感動をくわしく書きこむ枚数をいまあたえられていないので、手と足を縛られて川へほうりこまれたようなものだが、堂内にひしめく華麗の燦光の乱舞にはおしつけがましさがどこにもなく、ひたすら主題と細部が手をとりあって炎上しているにもかかわらず、すべての破片が一片のこらずはしゃぎ昂揚しつつも自身であることに満足しきっていて、その満足に光耀し、おしつけがましさがどこにもないのだった。キリストの受難を語りつつ、かくあるべしなどとは、どの隅っこも語っていないのだった。どこをとっても本質でありながら、あくまでも自足し、謙虚で、無邪気で、澄明なのだった。無邪気というものがこれだけ豪壮、絢爛、華麗で、しかも、つつましやかさをいつまでも保持できるのだという例をそれまでに私は知らなかったし、想像することもできなかったので、息を吸ったきりになってしまった。そして、ややあってから気がついたのだ。

これら無数の光と色の乱舞は、まるで古代の森さながらのゴチックの剛健なアーチの腋窩にたたえられた闇のゆえにこそ、それであること。シャルトルのステンド・グラスを東京でスキラの本やドキュメンタリー・フィルムで見たときには想像もつかなかったのが、その闇の質と役割であった。あれだけ深沈としたゴチックの闇があればこそ、あの光耀と燦爛があり得たのだった。それは現場へいって眼と膚で味わうよりほかに、どうしようもないものであった。無数の阿鼻叫喚の闇を吸いこみ、たくわえながら、何ひとつとして語らずにそれ自体のまま聳《そび》えている闇のゆえに、あの無邪気が現出したのだった。この闇が大通りにも横町にも、ベンチのよこにもゴミ箱のかげにも、分布されているのだろうか。

『開口閉口2』昭和五十二年（21―235）

ステンド・グラスがヨーロッパ文明に欠くべからざる装飾となった理由が、これまた開高健に独得の豊富な語彙を駆使した表現をもって語られている。

ケルンの大聖堂を見ていない私には解説の仕様もないのだけれど、同じく中世と呼んでも我が国と欧州の差がいかに顕著であることか。この隔絶を念頭に置かずして世界史は語れないであろう。開高健が感動している呼吸がそのまま伝わってくるような文章である。

『米俗語辞典』

某社の『米俗語辞典』は出色の出来栄えであった。キリキリと角《かど》のたった、泣いてない氷ばかりで仕上げたマーティニのように新鮮で、ピリピリし、しかもあちらこちらに深さが顔をのぞかせている。セックスや麻薬関係の隠語辞典は他に何種類もあるが、わが国で訳されたものとしては現在のところこれが最高だろうと思う。アメリカ本国で無数の俗語と隠語を採集するのは大変な仕事だっただろうけど、これを現代日本語にうつしかえるのもまた容易ならぬことだったはず。たとえば女性器や男性器の異名のおびただしさでは日米匹敵して競いあえるだろうが、麻薬となるとわれわれはにわかに苦境にたたされるのだから、全体として鬱晴しの愉しさはあっただろうけれどしばしば朦朧の彷徨の苦しみにも襲われる作業だったと察したいのである。

この種のコトバはたえまなく繁茂し、枯死し、かつあらわれ、かつ消え、公認と非公認の境界が朦朧として広大なので、何が何でも聞きこみに歩きまわらなければなるまいが、しかし、かといってそれだけでは何か困ることがでてくる。取捨の規準、選択の定義をどこにおくかがいちばんの問題なのだろう。しかし、マ、そのことはスペシャリストに任せるとして、たとえ川の泡のようであるとしてもこれら言の葉にはしばしば天才的閃めきを感じさせられることがある。酒場や、裏町や、黄昏にひそむ顔のない詩人、匿名の哲学者、論文を書かない科学者たちはいずれもちょっぴり酔ってきたときにチカッとくるのをすかさずコトバにしてしまうのだが、その素速さと正確さには居合抜きのようなものがあって、ただ恐れ入るばかり。

『開口閉口2』昭和五十二年（21―260）

開高健は世界の多くを遍歴して綿密に取材しながら、特にその地の俗語には聴き耳を立てて蒐集するのに熱心であった。表向きの挨拶語には真実が籠もっていない。真面目な場では口にするのも憚《はばか》られるような俗語にこそ、その国その民族の特徴をなす心情が秘められている。彼が感服した某社の『米俗語辞典』を探してみられることですな。

我が国にはまだそれに匹敵するほど完成度の高い俗語辞典のないのを遺憾とする。柳田国男が体裁をかまう人であったから、日本民族学は社会の下流に通用している猥雑な活気に満ちた隠語を採集しなかったのである。

惜しまれながら去る

さて。

読者諸兄姉《みなさん》。

これは二年間の週刊サンデー毎日連載をまとめたものだが、ゆえあってこの章で終ることになった。「ゆえ」というのは事情がある。こういう短い随筆は短文とよばれる性質のものかもしれない。あるいは雑文ともよばれるらしいが、短いわりに大変苦労する。一回に書く分量は七枚であるけれども、三十枚、あるいは五十枚書くのも、七枚書くのも、苦労は同じなのである。一回は一回なのだから、そこがむずかしい。

運動選手は試合のあるなしにかかわらず、のべつランニングをしたり、縄跳びをしたり、ボクサーならシャドー・ボクシングをやったりして、贅肉がつかないように努力しなければならないけれども、そして絵描きは、トイレと食事を除いたら絶えず手を動かしてデッサンをやっていなければいけない。小説家も同じで、なんでもいいから、いつでも文章を書いていることがいいのである。ペンの切先にインキのカスがたまるようではいけないのだ。

というわけで、こういう短文を私は書き続けてきたが、これ以上書きつづけると、私の元金に食い込むことになる。つまり小説を書くための材料、イメージ、エピソード、そういう私の朦朧とした頭の中にしまい込まれているものに、手をつけて書かなければならなくなる。この二年間に書いてきたものは、創作メモの欄外余白にあるものだった。それは私の小説のために使うイメージを元金とすれば、それから分泌された利息みたいなものである。その利息がここで尽きた。小説に書くネタをここで書いてもいいのであるが、そうするといざ本番の小説のときに二度の御用をつとめさせることになる。いい寿司屋の職人は、いや、いい寿司屋じゃなくてもこれは常識だが、シャリにはりつけたネタをはがして、次の客のシャリにはりつけるというふうなことはしないはずである。小説家にも、自分自身と読者に対して新鮮とナゾを保っていなければならない義務がある。これ以上やると、私は元金と利息をともに食いつぶしてしまうことになるので、惜しまれながら去るのである。

しかし、利息の水増しはしないように努力したつもりだ。水で割って飲んだ方がうまい酒もあり、生《き》で飲んだ方がうまい酒もあるが、私の好みはすべてを生で飲むのが趣味である。だから書くものについても、その配慮をした。それがどこまで書かれたかはよくわからない。自分で書いたものは、二年か三年風にさらしてから、夜中にこっそりとり出して読むという私のクセがあって、自分の書いたものが発表された雑誌や本が並んでいる本屋の前は、恥しくて通りにくい。二年も三年もたってみんなに忘れられ、偉い批評家にも忘れられ、妻にも忘れられたころ、夜中にひそかにとり出して読んでみて、なかなかいいではないか、などとつぶやくのである。

「開口閉口2」昭和五十二年（21―374）

エッセー連載終了の辞である。一回は七枚であるけれども、それには五十枚を書くのと同じ心構えが要る。これは誰にとっても真実なのではあるまいか。読者は鋭敏である。少しでも調子を下ろしたら直ちに勘づかれてしまう。今や新聞や週刊誌や月刊雑誌では短文のコラムが花盛りである。何処にも競争相手が待ち構えているのだから油断してはおれない。筆者はそれぞれ工夫を凝らしている。

コラムにはかねての仕込みが肝心であることを誰もが知っている。そのような短いコラムに精一杯の内容を盛りつけ、かりそめにも見たところスカスカに貧弱では読者に見放される。

平成二十年に単行本未収録作品集成の大冊『一言半句の戦場』が刊行された。然り、文章を書くという行為は、たとえそれが原稿用紙一枚二枚の短文であっても、戦場に出陣する気合が求められるのである。この記念すべき一冊本を是非とも参照願いたい。

開高健の短文には、常に彼ならではの照りがあった。彼のみにしか見られない独創の輝きがあった。どの一文どの一文にも必ず工夫と仕掛けがあったのである。

第12章 開高文学

名言

梅崎晴生氏は夜ふけの飲屋で出会うと、たいてい鳥打帽をかぶっていた。きまってそれは路地奥の小さな飲屋で、くさやの匂いがむッとたちこめ、カウンターがじめじめしているような店なのだが、肩に耳をよせないと聞きとれないような小声でぼそぼそと氏は私に訓戒を垂れたものだった。

陰気な、優しい、柔らかい声で、ユーモアとも皮肉ともつかぬものを漂わせ、どんな返事をされてもかまわないような、ひとりごとのような口調で、氏はいうのだった。

「気をつけなければいけませんよ。自分が小説を書いてるときは他人《ひと》のものを読んではいけません。ぜったい、いけませんね。これは大事なことですよ」

歌声と叫喚がとびちるさなかで耳もとでそうささやかれると、そのことばはくさやの匂いとまみれて、ひどく切実にひびくのである。私は氏と特に親密な仲ではなかったけれど、どういうものか氏は二、三度、私を見るたびにおなじことを口にした。

小説を書きはじめた頃にそう教えられたのだったが、その後、経験がかさなるにつれて、これは名言だということがわかりはじめた。小説を書きたい気持がうごいて、動機も静機もあるときは、昂揚と盲目があるけれど、同時にそれは病いにかかっていることでもある。病いであるからには日頃よりも過敏になっていて、色や、音や、匂いがひびきやすいのだから、他人の作品を読むと、ちょっとしたことでひどく暗示をうけてのめってしまうのである。それもその作品の動機や主題といったものにではなく、ちょっとしたコトバのはしばし、句読点、匂いのようにただよっているものなどにひっかかり、ひっかけられたらさいご釣鉤のようにぬけなくなって、いつまでも苦しめられる。

そこで、近年、私は、失われた大陸や、鳥獣虫魚についての本を選んで読むことにしているが、この種の本がたくさん出版されるようになったのは、ありがたい。この種の本を読んでいるあいだは毒もないし、トゲも刺さらないのでホッと息がつける。田中光常氏の野生動物の写真集などはことにほのぼのとくつろぐことができる。それからいいのは中国料理店のメニューであることを発見した。大きな中国料理店のメニューは大きなフランス料理店のメニューなどより敏感なときにはお話にならないくらい愉しいものである。何が何やら得体が知れなかったり、美しかったりする文字が並んでいるので、それをひとつひとつ眺めながら、これはどんな味だろう、あれを食べてみたらどうだろうなどと、ウトウト考えているうちに、しらちゃけて苛酷な白昼がすぎていってくれる。

「書く・破る」昭和四十六年（21―498）

これは絶対に間違いのない金言である。自分が執筆中に他人の著述をチラとでも読むと、別に

剽窃《ひょうせつ》したりそんな気は全くないけれども、読んだ本の気分が知らぬ間に微少ながらこちらに乗り移って影響を与える。つい手を出してしまうような悪い癖があったら直さなければならない。

そしてこの間の事情は小説に限らず、エッセイや論文の場合にも当て嵌まる。論文を書くのに参考資料をいちいち参照しているようでは、行論がふらふらして一貫した気合いが籠らない。なるべくは書きたい論旨をあらかじめ頭の中に組み立てて、資料は別の場所へ片づけておくのがよいのではなかろうか。

偶然との握手

私はジャーナリストとしての教育や訓練をうけたことがなく、その心得や覚悟を教えてもらったこともないので、体当り主義の我流でやるほかなかった。やってみてからわかったことはいくつかあるけれど、ノン・フィクションを書くのはフィクションを書くのとおなじくらいむつかしいものだということがとりわけ身に沁みたし、だから、どちらかいっぽうに没頭すると引返すことがじつにむつかしくなるということも身に沁みた。厳密にいえばノン・フィクションも素材と言語の選択行為なので、その点ではフィクションの一種なのであるから、まぎれもなくフィクションを支配する生理がノン・フィクションも支配する。たとえば必然と偶然の関係である。登場人物が作者の予定からはずれて一人歩きをはじめたらその作品は成功だという文壇用語があるが、ジィドはこのあたりの秘密を〝悪魔との握手〟と呼んだのではなかったか。事物や人物が作者の掌のなかで踊っているあいだはどれほど真摯に壮烈に精妙に力んだところで眼のない画の竜みたいなものだが、必然の歯車の回転のなかで七転八倒していると、ふとした一言半句が閃めいてスッと一歩でられることがある。でられたらすばやくそのまま書きとめて、あとから手を入れてはならない。入れるとしてもそこだけそっとしておき、遠い周辺だけを小当りに当っておくことである。これが偶然との握手である。めったに起らないことであるが、この小さな——ときには大きな——細部が、全体を匿名のうちに決定するのである。

フィクションもノン・フィクションもこういう奥深い箇処での摂理はおなじことと思われる。

「ミルクの皮から」昭和四十八年（21―511）

ノンフィクションを書くのはフィクションを書くのとおなじくらいむつかしい、とは開高健だから言える感懐である。ノンフィクションの書き手一般はそこまで肝を据えてかかっていない。その理由としては、第一に取材の方にエネルギーの大半を費してしまったので、文体にまで力を致す余裕がないこと、第二に取材費が乏しく印税も僅かであるから、その欠乏を補うために嫌応なく予定より長く書いてしまうこと、である。

その点、開高健は、あらかじめ潤沢な取材費が保証されなければ乗り出さないし、掲載誌の予定枚数が決まっているから、そのあたり呼吸を調整すればよい。

以上のような条件に恵まれていたゆえでもあるけれど、開高健のノンフィクションは、フィクションを、つまり本業の小説を書くのと同じ気構えで執筆しているから、世間に通用している謂《い》わゆるノンフィクション作家とは筆致が異なる。彼のノンフィクションは、それ自体で完成した文学である。彼は自己の持つ表現力のすべてを注いだ。全体の仕上がりに豊潤な艶があるのはそのためである。

〝私〟を消すことでしか私を語れない心

すべての作品は自伝的である、ということばがある。誰のことばだったかはさだかに思いだせないけれど、いつも私の鼻さきに漂っている。すべての作家は心性の内奥において無政府主義者であるということばといっしょに、私をとらえている定言である。芥川賞をもらったあとも何年間か私は自身から遠ざかりたい一心で作品を書いた。明治以後、わが国の文学は告白を主流として書きつがれてきたので、私小説であると何であるとを問わず、作家は自身の心性や感性によりそい、それをなぞることで作家生活に入っていくのが常道となっている。私はそのことにまったく反対しないし、当然のことだと思う。いわばそれは求心力にペンを託して書きすすめていく方法である。求心力に拠《よ》ろうと、遠心力に拠ろうと、結果はその作品がいいものか、悪いものかだけが問題なのだから、べつにかまわないのである。けれど、当時の私の気持からしてみると、求心力で書こうと、遠心力で書こうと、文体、発想、テーマ、素材をどう工夫してみたところで、作品はつねに〝私〟の影をうけているのだから、そこからはどうのがれようもないとは覚悟していても、ひたすら遠心力だけで書いていきたかった。内なる密語と蜜語で現代作品は充満し、自身の足で自身の体をはこぶことができないまでの蒼白な肥満漢と作家は化している。そうなるしかなくてそうなっているのだということはじつに痛く感じられるのだけれど、私の見るところでは、この城はもう外堀をドストエフスキーに完全に埋められ、内堀をサルトルの『嘔吐』でこれまた完全に埋められているのだった。そのことに私はこだわり、執し、躍起となっていた。それらの作品から放射される圧倒的な知力と感性と肉感のことを想うと、二進も三進もならなくなるのである。私は影響をうけた作家と作品の、それらの影響の、こだまなり、翳《かげ》りなり、条痕なりをありありと自身の作品にのこすことにがまんがならなかったから、その潔癖に佇んでみると、私がしたいことは、むしろ、そういう〝私〟を徹底的に拭い去ってしまうことだけであるような気がするのだった。大阪のどん底の人びとを描いた『日本三文オペラ』も、北海道の荒野に捨てられた人びとを描いた『ロビンソンの末裔』も万里の長城の建設を描いた『流亡記』も、すべて、その、自身を棄てて、かつ同時にどこか不慣れで未知のところで再生させたい衝動で書いたのである。嘘でしか語れない真実というものがあるとつぶやいたのは芥川龍之介だったが、その文体を借りると、〝私〟を消すことでしか私を語れない心がある。そういう作品がある。そういう作品でなければならぬ。そう思いつめる心もあるのだ。ということである。

この時期に私が自身の感性をなぞることで書いたのは『なまけもの』という一篇だけである。この作品には〝私〟の指紋がいたるところについている。こういう作品をそのころに私はけっして書きたくなかったのだけれど受賞後のマスコミ攻勢にたまりかねて、ついせっぱづまってしまって、書いたのだった。私はひたすら恥じて、イヤになり、書きあげたあと編集長氏に生原稿をわたしたきりで、二度と読みかえすことをしなかった。ところが、各新聞に出る月評を読んでみると、各紙ともこぞって好評であり、なかには絶讃といってよいような評も見られ、私は半ばしあわせでありながらも、半ば憮然としてしまった。そのころ、二度めか三度めかにやっと顔を知ることになった安岡氏と、ある会合で、料理屋の二階で会うと、氏はこの作品をとりあげて

「君は梶井基次郎だな」

といった。

この一言は痛烈に私の内心をえぐりたてた。正確そのものであった。ひとことで封殺されたきり私はものがいえなくなった。やっぱりめくら千人の時代でも、どこ

かで、見ている人は見ているのだ、そういう人がいるのだなと、つくづく感じ入らせられてしまった。ちょっとあとになってから私は大兄が若い、柔らかいときに梶井基次郎を読みふけっていたことを知って、あらためてさとらされるところがあったけれど、痛覚は消えなかった。

『夏の背後』昭和四十九年（22—63）

その文学的出発に際して、開高健が何を目指したか、その間の事情をまことに率直な姿勢で語った開高文学の手引きである。

あまりにも明快な自己解説なので、私としては屋上屋を重ねるわけにもいかない。

ただ一言つけ加えるとすれば、ここに表明されている覚悟は、芥川賞を受けて作家として自立してからの発想ではなく、十九歳の文学青年だった頃の意気込みそのものであったという事情である。私は彼からあの大きな声で耳にタコができる程であったのを懐かしく思い出す。

批評家のお言葉

小説家になってみると、これはわびしくて、さびしくて、まさぐりようのない、奇妙な仕事だということが、つくづく実感された。具体物に手でふれるような優しくて強固な手ごたえというものがまるでないのである。作品に対する反響というものをたとえばプロの批評家のお言葉ということで考えてみると、この人たちの日頃書くものをちょっと読んでいたら、傲慢ないいかただけれど、この人ならこの作品についてこういうぐあいに批評するだろうということが、書いているうちに、おぼろげながらも予感できるのである。けれど伊藤整氏の名言どおりに作家はいやらしいまでの〝愛情乞食〟であって、ホメられたい、知られたいと思ってウズウズしているから、つまらない、つまらないと呟きつつも批評家のお言葉を一言のこらずむさぼり読む。批評とは他人を介して自己を語ることなのだから、それは批評家にとっての一つの〝創作〟でもあるわけだが、しばしば、自己を語りたいのか、それとも、自己を宣伝したいのか、けじめのつかないのがあふれているので、妙な気分にならされる。批評は、また、私情に徹してしかも私情を捨てる精神の離れ業であり、書かれてあることから書かれてないことを洞察しなければならない難業なのだが、作品そのものとおなじようにここでもまたいいものにはめったにお目にかかれないというさびしさがある。

『夏の背後』昭和四十九年（22―67）

批評のあるべき姿かたちを述べているようで実はこれが当時における批評の実態に対する精一杯の皮肉である。

開高健が小説『パニック』によって一躍脚光を浴びたのは昭和三十二年七月十九日である。当時は現今と異なって、朝日、毎日、読売、三大紙に毎月載る文芸時評に相当な権威が認められていた。文芸雑誌は毎月七日に刊行されるので、文芸時評の担当者は、それらをまとめてもらって時評の筆をとる。ところが『パニック』を載せた雑誌『新日本文学』のみは自転車操業のため、発行が毎月づんと遅れた。ところが毎日新聞の書評担当者である律儀な平野謙は、『新日本文学』が届くまでじっと待ち筆をおろさなかったので、彼だけが開高健の発見者となり文壇の事件となったものだから、他誌の時評家は面目丸つぶれの感を否めない。なかでも朝日の担当者である臼井吉見は、恥をかいたと自覚して不快の念が強かったようである。そこで開高健が第二作『巨人と玩具』を発表するや、この時とばかりこてんぱんの悪評を書いて意趣返しとした。

まことに大人気《おとなげ》ない話ではあるけれど、批評家とはそういうものなのである。以後の開高健は文壇の批評に動かされることはなかった。

文字という怪物

私の観察するところでは、作家はおぼえることは下手かも知れないけれど、忘れることができないでいるということに長《た》けた人物が多い。俗にいえば彼は何のたしにもならないのに忘れることができないという資質のためにくどくて野暮な人間なのである。そして、どれほど絶望を描きつづけようと彼は書いているかぎり地上の絶望者とはいえない。もしとことん絶望したら、それが何についてであれ、彼は書かないはずである。白紙しかないはずである。文字を書いているかぎり彼はどこかに何らかの形相で、何らかの期待を抱いているはずなのだし、人間に興味を抱いているわけである。憎悪だろうと不信だろうと、彼は文字と人間に関心があるのだ。だから彼はどれくらい暗澹たる厭悪の描出にふけろうとも悪魔にはなれないのである。どんな冷酷の描出に没頭しようと、少なくとも彼がペンをとって字を書くかぎり、彼は悪魔にはなれないし、純粋にもなれないのである。むしろ、厭悪、不信、冷酷、非情、退化、悪罵をかさねればかさねるだけ、しばしば、ふとした隙間や閃めきに逆立ちした無垢者の顔がかいま見られるということが起る。感性でもあるが知性でもあり、認識でもあるが官能でもある、朦朧をきわめているのにしばしばえぐりたてるように鋭かったり重かったりする、無限界で定量と定質がなく、経験次第でたちまち輝やきたちまち褪せる、この、文字という怪物に彼は嚙みつかれて、人間とのつながりを断つことができないのである。そこへ彼は戦争に女に金に酒に名声欲に虚栄に孤独に素朴に爛熟に神経症に……嚙みつかれて、いよいよ野暮をかさね、愚行と愚言の輪をつなぎつづけていくのである。とりわけ彼は自国のであれ他国のであれ、戦争にはどう足掻いてみても決定的な箇処で他人に、未経験者に伝えようのないものがひそんでいる。それはまさぐれるようでまさぐりようがないが、どうやら執拗な、夥しい力をひそめているらしいと感じて、いらだっている。年をとって短気になり、酒にも弱くなってくると、アルコールの輝やく朦朧のさなかで、ふとあって彼はにわかに大命題を解決したかのように思いつめて、そうだ、そうなのだ、だからこそ戦争は起りつづけるのだと内心に呟やく。または、叫ぶ。声なく。

『夏の背後』昭和四十九年（22―138）

開高健の文学論として正面からすべてを語り尽くそうと努めた記録である。この背後にはベトナム体験の咀嚼《そしゃく》と消化が察知できよう。

文字という怪物に噛みつかれて、と客観的に言えるようになったのは作家生活に入ってからである。文学青年時代における彼の焦燥は時に異様な程で、このように余裕のある反省には遠かったように思われる。

影を消すこと

『水入らず』や『壁』などの短篇のほうがさきに翻訳、紹介され、『嘔吐』はそれよりちょっと遅れてから名もない小出版社から出版されたが、この作品にはのめりこむような吸引力を感じさせられた。ドストイェフスキーが夥しい観念であたえてくれたものにこの作品は夥しい、執拗な、正確無比の肉感の裏うちをしたかのようであった。一九三〇年代のフランス知識人、それも金利生活者の、底知れない疎外の恐怖と憂愁が、一九四〇年代の焼跡の日本の少年に全身的に浸透するというのは、奇妙な光景と見えるけれど、心に起った事実は事実であった。少し遅れてから私はキェルケゴールやハイデッガーを読み、また、小説ではセリーヌの非凡な『夜の果てへの旅』を読みして、哲学や文学の識域のなかでのこの作品の先駆者を知ったわけで、もし『嘔吐』よりさきにこれらを読んでいたら毒はもう少し稀釈されていたのではあるまいかと思うが、そうはならなかった。その後つぎつぎとサルトルの小説、戯曲、時事文集が訳されるたびに私はネズミがヘビに寄っていくようにして読みつづけたが、それぞれにその場での感銘はありはしたものの、初読のときのこの作品を上回る衝迫力はうけることがなかった。イヨネスコやベケット、それから何度心を入れかえて読みにかかっても中途で退屈して放棄してしまうカフカなど、つぎつぎと憂愁は導入されたけれど、やっぱり私は『嘔吐』へもどっていった。白井浩司氏が何度となく改訳し、出版社を変え、段組みを変え、紙質を変えして執拗に挑むたびに私は本を買って読んだ。私は個人の内心を凝視する文学はここで終ってしまったのだと思いきめていたから、もし自分が何かを書くとすれば、集団的自我とでもいうべきものをとりあげるしかないのではあるまいかと感じつづけていた。だから私の作品にはしばらくのあいだこの作品の影響が眼につく様相ではまったくあらわれていない（……はずである）。自分がうけた影響のままに自分の作品を染めあげるのは安易すぎる作業だと私は感じ、いさぎよしとも誇りとも感じられなかったので、影を消すことにむしろ熱中したのだった。その態度を捨てるようになるのは『輝ける闇』からで、それがどうにかこうにか歌になれたのは『夏の闇』ではあるまいか。ではこの段階のあとで私はどうなるのだろうか。

白紙があるきりである。

『夏の背後』昭和四十九年（22—148）

若き日の開高健が最も熱心に読んだ小説は『嘔吐』である。順序としては『マルテの手記』の方が先であったか。とにかく『嘔吐』は製本が雑であったせいもあるけれど、本の綴じが緩む程になった。

個人の内心を凝視する文学はここで終ってしまった、とは、十九歳の彼が私に語った時の文脈そのままである。

明るい漱石

鬱蒼とした学殖の持主が同時に非凡な作家になれるという例はそうめったにはないけれど、漱石はその一人であった。抜群の一人であった。彼の作品は小説小説したところや、〝うまみ〟というものを欠き、いかにも素人《しろうと》っぽいものだけれど、不思議な時の技で、時代がたつうちにかえってその短所が魅力に転化するようになった。これまた万事一過するだけのわが国にはあまり類のないことである。

ところで、彼の作品について書かれた論は牛が汗をかいて庫にはこびこむほどあるけれど、ことごとく暗い漱石、深夜に見る鏡のような作品についてだけ議論していて、ことごとく『坊つちやん』や『猫』を避けている。しかし、この二つの晴朗な悪漢小説には後続の教養小説にはない初発の文学美徳があふれているし、作品そのものの熟成度はむしろこれらのほうにうかがえるほどである。これらのおふざけがなければそのあとの深沈とした作品も生まれてこなかったはずである。

明るい漱石も暗い漱石も一人の人物だった。この全集を機会として彼の全域があらためて読みなおされてほしい。〝苦悩〟だけで彼に接近すると、彼は弱められ、なによりあなたが貧しくなる。

『漱石の明暗の全域を――「漱石全集」推薦文』昭和四十九年（22―407）

開高健は、『猫』と『坊っちゃん』に漱石文学の真髄が潜んでいる、と読みとっていた。作品

そのものの熟成度という厳密な秤《はかり》にかけてみれば、そう判断せずにはおれないであろう。世の漱石研究者が、実作者から見た完成度、という見地に立つ場合がほとんどないから、この前期二作品を軽く見る習慣を作っている。

けれども、サマセット・モームが『コスモポリタン』の序文に念を押しているように、小説は面白さのために読むべきなのである。漱石が『猫』によって登場し、続いて書いた『坊っちゃん』を加えて、その面白さに明治の読書界は湧いたのである。とにかく理屈抜きに面白かった。

そして、なかんずく『猫』には、人生に対する社会に対する漱石の思念が悉く表現されているのである。そこには漱石の全作品に底流する人間を見る眼の萌芽が揃ってすべて埋めこまれていた。しかも、その核心が悠揚迫らぬゆったりと余裕をもって語り尽くされている。この悠然として辛辣な諷刺のユーモアは『猫』にのみ見られる技法であった。獅子文六もまた同じく『猫』を強く押している。この余裕ある筆致こそ貴重だったのである。面白い作品を書くことこそ、開高健にとって、文学美徳そのものであった。

『猫』が小説としての組み立てが意表を衝く新奇な構成であったことが評判を生んだのは周知である。この構想が、イギリスのあまり知られていないマイナーな作家T・L・ピーコックの談話小説《ノベル・オブ・トーク》の手法にもとづいていることが、近年（松村昌家編『夏目漱石における東と西』）、飛ケ谷美穂子の画期的な論文「奇人たちの饗宴」によって考証された。彼女は漱石文学の比較文学的研究『漱石の源泉』によって研究を大幅に進展させている。

開高 健（かいこう　たけし）

昭和五年大阪市生まれ。大阪市立大学在学中に谷沢永一主宰の『えんぴつ』に参加。卒業後就職した寿屋（現・サントリー）宣伝部時代にトリスの「人間らしくやりたいナ」などのコピーを手がける。

『裸の王様』で芥川賞を受賞した後、執筆活動に専念。昭和三九年には朝日新聞の臨時特派員としてベトナムへ。この体験をもとにした『輝ける闇』で毎日出版文化賞を受賞。その後、川端康成賞、日本文学大賞、菊池寛賞を受賞。『ベトナム戦記』『もっと遠く！』『もっと広く！』などルポルタージュ、『オーパ！』『フィッシュ・オン』『最後の晩餐』など釣りや食、酒をテーマにしたエッセイも数多く残している。平成元年一二月九日に逝去。死後、その業績を記念して、開高健ノンフィクション賞が創設された。

《引用文献》

『開高健全集　第10巻〜第22巻』（新潮社）

本書は2015年7月に弊社で出版した
書籍を改題改訂したものです。

開高 健
思考する人

著　者　谷沢永一
発行者　真船美保子
発行所　KKロングセラーズ
東京都新宿区高田馬場2-1-2　〒169-0075
電話（03）3204-5161(代)　振替00120-7-145737
http://www.kklong.co.jp
印　刷　中央精版印刷(株)
製　本　(株)難波製本
落丁・乱丁はお取り替えいたします。
ISBN978-4-8454-5113-5 C0295
Printed In Japan 2020